U0956406

退稿图书馆

LE MYSTÈRE HENRI PICK

[法] 大卫 · 冯金诺斯——著 吕如羽——译

上海译文出版社

这座图书馆十分危险。

——恩斯特·卡西尔[①]

《论瓦尔堡图书馆[②]》

① Ernst Cassirer(1874—1945),德国哲学家。

② 由德国艺术史家阿比·瓦尔堡(Aby Warburg,1866—1929)建立,现位于伦敦。

第一部分

1

一九七一年，美国作家理查德·布劳提根[①]出版了小说《堕胎》[②]。故事讲述了发生在一名图书馆馆员和一个女人之间的十分特别的爱情故事。女人有着令人惊艳的姿容。在某种程度上，她是自己身体的受害者，就好像美丽是一道诅咒一样。这位女主人公薇达说，因为她，有个男人在开车时失去了生命。司机着迷于眼前美得出奇的行人，完全忘记了自己正在开车。撞车之后，年轻女子冲向汽车。司机倒在血泊中，弥留之际只来得及说上一句：“小姐，您真美。”

实际上，薇达的故事不如图书馆馆员的有意思。因为小说的特别之处正在于此。男主人公工作的图书馆接收所有被出版社退稿的书。比方说，在那里可以碰上一个男人，在被拒绝了四百多次之后，他终于把书稿交了过来。如此这般，一部部千奇百怪的书稿汇集到叙述者的眼前。在那里可以觅得一篇叫作《在一个酒店房间里的烛光下种花》的散文，或者是一本陀思妥耶夫斯基小说里提到的所有菜谱的合集。这家机构有个好处：由作者本人来决定书稿的馆藏位置。他可以任意翻阅不幸同行的作品，再找到合适自己的位置来存放书稿，不再希冀出版传世。相反，任何邮寄而来的书稿都不被接受。作者必须要亲自提交那无人想要的作品，就好像这个行为象征了他彻彻底底放弃的决心。

几年之后，在一九八四年，《堕胎》的作者于加利福尼亚州的波利纳斯[3]结束了自己的生命。现在，我们暂时搁置布劳提根的一生，也不谈促使他走向自杀的境遇，先关注这所源于他的想象的图书馆。一九九〇年代初期，他的想法得到了落实。为了向他致敬，一位热心读者创立了"退稿图书馆"。于是，专门接收失宠于出版社的书稿的布劳提根图书馆在美国诞生。这所机构如今已经搬到

---

① Richard Brautigan(1935—1984)，美国作家。
② 一本副标题为"1966 年浪漫史"的小说。——原注
③ Bolinas，美国城市。

了加拿大温哥华[1]。粉丝的创举一定会让布劳提根动容。不过，我们真的能得知一位死者的感受吗？图书馆建立时，多家媒体都进行了报道，在法国人们也对此有所谈论。而布列塔尼大区克罗宗市的一位图书管理员想要如法炮制。一九九二年十月，他建立了法国版的退稿图书馆。

2

让-皮埃尔·古尔维克对设在图书馆入口处的小小布告牌很是得意。那是一句齐奥朗[2]的箴言，对于一个从没离开过他的布列塔尼的人来说有些讽刺：

> 巴黎是过一事无成的一生的理想地点。

---

① 在这家图书馆的主页 www.thebrautiganlibrary.org 上，可以很容易地搜索到相关信息。——原注

② Emile Cioran(1911—1995)，罗马尼亚裔旅法哲学家、作家。

他属于热爱自己家乡胜过祖国的那一类人，但也不会因此就成为民族主义狂热分子。他的外表则会给人相反的印象：身躯干瘪瘦长，脖子上青筋毕露，皮肤明显泛红，人们会立马把他的模样与暴躁易怒画上等号。但绝非如此。古尔维克是个审慎周全的人，他说出的每一个字都经过了深思熟虑。只要在他身旁待个几分钟，就能抛弃掉原本错误的第一印象；我们感觉得到，这是个能够自我管理、十分井井有条的人。

就是他调整了市立图书馆的藏书位置，为所有渴望容身之所的稿件留出了一片空间。这一番大动静让他想起了豪尔赫·路易斯·博尔赫斯的一句话。“把一本书从图书馆里取出来再放回去，这会让书架疲乏不堪。”它们今天该累坏了，古尔维克笑着想。这是博学者的专属幽默，并且得是孤独的博学者。这是他的自我定位，事实也的确如此。古尔维克天生少了根善于社交的筋，他很少会和邻居们为了同样的事情发笑，不过，听笑话的时候，他知道要努力逼着自己笑一下。他甚至时常会去街尽头的小酒馆喝一杯，和别人聊些有的没的，主要是聊些没的，他想。在那些热热闹闹的时刻，他甚至能来一局扑克牌。他并不会因为被看作一个普通人而感到困扰。

除了独居,人们对他的生活所知甚少。他在五十年代结过婚,但没有人知道为什么妻子在短短几个星期之后就离开了他。有人说,他是通过征婚启事遇上她的:他们通了很长一段时间的书信才见面。这是这段婚姻失败的原因吗?古尔维克大概是那一类人,别人会不管不顾地爱上他激情昂扬的告白,而在漂亮的文字背后,现实却让人失望。当时也有些恶意的流言蜚语,认为妻子这么快离开他是因为他性无能。这番推测并不可靠,但是,当从心理上很难解释问题的时候,人们就喜欢找一些生理上的原因。所以说,这段感情经历彻头彻尾是个谜。

在妻子离开之后,他不再拥有公开的稳定感情,也没有子女。很难对他的性生活有所了解。或许可以把他想象成寂寞女人的情人,和一群艾玛·包法利谈着恋爱。她们在一排排书架间寻寻觅觅,大约不仅仅想在小说里感受罗曼蒂克。这个男人会阅读,因此懂倾听。在他身旁,她们可以从机械单调的生活中获得解脱。但对此,我们也没有任何证据。不过,有一件事是可以确定的:古尔维克对于他的图书馆的热情从未减退。他专注地接待每一位来访的读者，留心听取他们各自的需求，在纷繁的藏书中开辟出一道道私人通道。对于他来说，问题的关键不在于喜不喜欢读书，而是要知道如何找到适合自己的那一本书。每个人都可以热爱阅读，只要遇上那部对的小说。它会让你欢喜，对你说话，使你手不释卷。为了达成这个目标，他发明了一个看起来有些怪异的方法：通过细致观察读者的外表，便能推导出对方应当要读的作家。

他孜孜不倦地致力让自己的图书馆更加兴盛，因此，他必须不断扩张藏书规模。在他眼里，这是个巨大的胜利，就好像架上的书籍是一支力量日益削弱的部队，任何一点对消亡的抵抗都带有浓浓的革命意味。克罗宗市政府甚至同意，为他增加一位助理人手。因此，他张贴了一张招聘启事。古尔维克喜欢选择要订阅的书籍、整理书架以及许多其他事务，但做出事关选择一个人的决定，让他有些害怕。他还是希望找到一个文学上的同道中人：能有那么一个人，可以花上好几个小时跟他讨论塞利纳①作品中省略号的用法，或是一起研究托马斯·伯恩哈德②自杀的原因。这个雄心壮

① Louis-Ferdinand Céline(1894—1961)，法国作家。
② Thomas Bernhard(1931—1989)，奥地利作家。

志只存在一个障碍：他心里很清楚，不管来的是谁，他都无法拒绝。因此事情也会很简单。谁第一个来应试，谁就会被雇用。于是，玛嘉利·克罗泽进入了图书馆工作。她拥有这项无可辩驳的优点：能够快速响应工作岗位的招聘。

3

玛嘉利并不特别喜欢阅读[①]，但是，作为两个年幼男孩的母亲，她必须得迅速找到一份工作，特别是因为她的丈夫只有一份在雷诺汽车维修厂的半日工作。本土制造的汽车越来越少，经济危机笼罩着九十年代初期的法国。签下工作合同的那一刻，玛嘉利想到了丈夫的双手；那双永远沾满油污的手。而她成日都在摆放书籍，不会有那样的烦扰。这将是一个根本的区别；从手的角度来看，这对夫妻走上了全然相反的轨道。

话说回来，古尔维克也挺喜欢和一个并不过分看重书籍的人

① 第一次看到她时，古尔维克立即想：她爱读的应当是玛格丽特·杜拉斯的《情人》。——原注

共事。他意识到,不用每天早上都讨论德国文学,也能够和同事保持融洽的关系。他为读者提供咨询服务,而她来负责后勤保障;这个二人组运行得十分平稳顺当。玛嘉利不是会质疑上司创举的那种人,但她还是忍不住对收藏退稿这件事提出了疑问。

“存着这些没有人要的书稿有什么好处?”

“这是美国人的主意。”

“然后呢?”

“是为了向布劳提根致敬。”

“那是谁?”

“布劳提根。您没有读过《巴比伦私家侦探》?”

“没有。那不重要,这是个奇怪的主意。并且,您真的希望他们把书稿都放过来吗?我们会招来这一带所有精神不正常的人。谁都知道作家是疯子。而那些没能出版的就更没救了。”

“它们总归得找个容身之处。您就看成是做善事吧。”

“我知道了:您想我做失败作家们的特蕾莎修女。”

“对,差不多。”

“……”

渐渐地，玛嘉利接受了这个主意的美妙之处，并竭力以善心参与这件奇事的操办。当时，让-皮埃尔·古尔维克在一些文学类报纸，特别是《读书》和《文学杂志》上都登了布告，邀请所有想要将书稿存放于退稿图书馆的作家来克罗宗一趟。他的想法获得了热烈的反响，许多人纷纷赶来。有些作家穿越大半个法国，只为卸下自己的失败果实。这段旅途像一条神秘的朝圣之路，一条文学上的德孔波斯特拉之路①。他们踏过数百公里，以求终结未曾发表带来的悲伤沮丧，这里面有着重要的象征意义。穿过这条道路，写下的文字便会消失在世间。而这种力量在克罗宗所在的省份似乎显得尤为强大：这里是菲尼斯泰尔②，是大地的终点。

4

十几年来，图书馆收集了近千份手稿。让-皮埃尔·古尔维克

① Chemins de Compostelle，从法国各地经由比利牛斯山通往西班牙北部城市圣地亚哥-德孔波斯特拉的朝圣之路。

② Finistère，法国布列塔尼大区的一个省，省名为拉丁语“大地尽头”的意思，因为该省位于欧洲大陆的最西端。

日日观察它们，着迷于这份无用之宝的力量。二〇〇三年，他得了重病，在布雷斯特[1]住了很长时间医院。对他来说，这是一场双重痛苦：他的身体感到不适，而不能再守着他的书堆则让他觉得更为难熬。在病房里，他继续给玛嘉利发出指示，他一直密切关注文学动态，好知道该订购哪本书籍。什么都不能错过。他把最后的力气都花在了自己一生热爱的事业上面。似乎不再有人对退稿图书馆感兴趣，这让他非常伤心。起初的热潮已然平息，如今，这个项目仅靠口耳相传勉强维持。同样，在美国，布劳提根图书馆也开始举步维艰。不再有人想要接收那些被遗弃的书稿。

古尔维克变得骨瘦如柴。无需占卜也能知道他时日无多。出于对他的善意，这座城市里的居民突然开始想要借阅图书。玛嘉利策划了这场虚假的爱书热潮，因为她明白，这能为让-皮埃尔带去最后的快乐。日渐虚弱的他并没有意识到，读者们的热情不可能是真实的。相反，他相信，自己一直以来的工作终于得到了回报。他将会带着这巨大的满足安然离去。

---

① Brest，法国城市。

玛嘉利还请一些朋友草草写些小说，来填满退稿书架。她甚至坚持向她的母亲提出要求。

“但我不会写作。”

“这正好是个好机会。把你的回忆写下来。”

“我什么也记不得了，而且我写东西有好多错。”

“没人在意的，妈妈。我们只是需要一些书稿。你的购物清单都行。”

“啊，是吗？你觉得会有人感兴趣吗？”

“……”

最后，母亲还是选择了抄写电话号码簿。

在写这些会直接被归类为退稿的书时，他们违背了起初的计划，不过这不重要。玛嘉利几天内收集到的八份稿子使让-皮埃尔十分开心。他从中看到了一点重燃的火苗，这象征着他的计划并没有失败。他不能再亲眼见证图书馆的进展了，因此他要玛嘉利许诺，至少一定要保存好这些年收集的书稿。

“我答应你，让-皮埃尔。”

“那些作家信任我们……我们不能背叛他们。”

“我会好好守着的。书稿在这里会得到妥善保管。而且,我会一直给那些没有人要的书稿留着地方的。”

“谢谢。”

“让-皮埃尔……”

“嗯。”

“我想要谢谢你……”

“谢我什么?”

“谢谢你给我《情人》……这本书真美。”

“……”

他牵起玛嘉利的手,握了好长一会儿。几分钟后,她一个人坐在车里,泪如雨下。

一个星期后,让-皮埃尔·古尔维克在病榻上去世。大家纷纷谈论这个讨人喜欢的人物,所有人都会想念他。但没几个人参加他简短的葬礼。这个男人到底留下了什么?在那一天,我们或许能够理解他对于创办和壮大退稿图书馆的坚持。那是一座对抗遗忘的坟墓。没有人来他的墓前默哀,正如没有人来读那些被遗弃的手稿。

玛嘉利信守了她的承诺，妥善保管已经收集到的书稿，但她没有时间继续开拓这项事业。几个月以来，市政府想要节约各项开支，特别是在文化相关的一切事务上。在古尔维克去世后，她成了图书馆的负责人，但没有获准再招聘一位助手。她只能独自一人工作。渐渐地，角落的书架会被遗弃，灰尘会铺满那些没有人读的文字。玛嘉利日日事务缠身，连她自己都很少再想起那里。她怎么想象得到，在未来的某一日，这些退稿会将她的生活打乱？

第二部分

1

出于工作原因，黛尔菲·德斯佩罗在巴黎生活了将近十年，但她从未因此就觉得自己不是个布列塔尼人了。她看起来比实际上来得更高一些，这并不是因为穿高跟鞋的缘故。很难解释为什么有的人能够如此；是因为野心勃勃，或是因为从小就备受关爱，还是因为确信自己会有光明的未来？或许都有吧。人们都愿意听从和跟随黛尔菲，她身上有一种非凡的魅力，但又一点都不咄咄逼人。她的母亲是一名语文老师，因此她从小就在文学的熏陶下成长。在童年时光里，她常常翻看母亲学生的作业，被上面的红色批改印记深深吸引；她仔细研究作业里的错误语法和蹩脚表达，在心里牢记，永远都不能这样写。

中学毕业后，她去了雷恩[①]读书，但并不想成为老师。她的梦想是在出版社工作。暑假里,她会设法去出版社实习,或者做任何可以帮助她进入文学界的工作。她很早就承认,自己并无写作才能,也对此毫不沮丧,而是只怀抱着一个愿望:与作家们一起工作。她永远都不会忘记第一次见到米歇尔·维勒贝克[②]时的激动。那时,她正在法亚尔出版社[③]实习,维勒贝克的《一个岛的可能性》正是由这家出版社发行。他在她面前停留了片刻,与其说是为了打量她,不如说只是稍稍察觉到了她的存在。她结结巴巴地说了一句您好,并没有得到回答,但这对她来说已是最非同一般的交流。

接下来的那个周末,在回父母家时,她花了一整个小时对这个微不足道的时刻滔滔不绝。她非常喜爱维勒贝克,以及他对小说惊人的感觉。每每听到围绕着他的众多争议,她都感到十分厌烦,人们从来没有对他的语言、他的绝望和他的幽默有足够的认识。她谈论着他,就好像他们已经认识了很久,就好像走廊上的短暂碰

---

① Rennes,法国城市。

② Michel Houellebecq(1956—),法国作家,凭借《地图与疆域》获得龚古尔文学奖。

③ Éditions Fayard,法国出版社。

面能让她比任何人都更懂他的作品。她兴奋不已,而她的父母则开心地看着她;说到底,他们竭尽全力教育女儿,就是为了让她能够有这样的热忱和兴趣,有能力发出这样的惊叹;在这个意义上,他们的教育应当算是成功了。黛尔菲自己培养起敏锐的文学嗅觉,能够察觉出文本的内在推动力。所有在当时跟她打过交道的人都认为,她有着光明的前途。

在格拉塞出版社[①]实习后,她被聘用为初级编辑。相对于这个岗位,她可以说是十分年轻,但她正正好赶上了机遇;她进出版社时,领导层正希望编辑队伍年轻化一些,并增加其中的女性比例。几位作家被交由她来负责,必须要承认,这几位算不上是最重要的作家,不过他们都很高兴,能有一位年轻编辑全力以赴地打理自己的作品。另外,在有空的时候,她还负责顺便审读一下邮寄来的稿件。洛朗·比奈[②]的第一本小说《HHhH》就是由她发掘的。这是一本关于莱因哈德·海德里希[③]的出色小说。不经意间拿到这份书稿后,她赶忙去找格拉塞出版社的老板奥利维·诺拉,恳求

① Éditions Grasset,法国出版社。
② Laurent Binet (1972—　),法国作家。
③ Reinhard Heydrich(1904—1942),德国纳粹党党卫队的重要成员之一。

他尽快读一读。她的热忱得到了回报。比奈签约了格拉塞出版社,恰好赶在伽里玛出版社[①]发出同样的邀请之前。几个月后,这本书获得了龚古尔新人奖,而黛尔菲·德斯佩罗也在出版社里站稳了脚跟。

2

几个星期后,在读一位年轻作者弗雷德里克·科斯卡斯的处女作时,她再次被那种触电般的直觉击中。《浴缸》讲述了一个少年拒绝离开浴室,并决定生活在浴缸里的故事。她从来没读过这样一本书,作者的文笔既欢快又忧伤。她没费多少力气就说服了审稿委员会相信她的坚定判断。这份书稿让人联想到冈察洛夫[②]的《奥勃洛莫夫》或是卡尔维诺的《树上的男爵》,不过,这种避世情结在当今社会有了新的诠释方式。主要区别在于一点:如今,借助来自五湖四海的图片、源源不断的信息以及各种社交网络,每

① Éditions Gallimard,法国出版社。
② Ivan Goncharov(1812—1891),俄国作家。

个青少年都能够做到通晓一切。那么,为什么还要走出家门呢?对于这部小说,黛尔菲有说不完的话。她立即就认为,科斯卡斯是个年轻的天才。尽管天生易于激动,但这个词她极少使用。不过,还需要说明一个小细节:她迅速地被《浴缸》作者的魅力迷倒了。

在签约之前,他们碰了好几次面;首先是在格拉塞出版社,然后在一家咖啡厅,最后在一家大饭店的酒吧里。他们聊了聊小说,以及一些合同条款。想到作品马上就能出版,科斯卡斯心跳不已;他的名字被印在一本书的封面上,这就好像是美梦成真一样。他确信,自己真正的人生将要就此展开。在没有将名字印在小说上之前,他总是感觉自己在这个世间如浮萍般飘摇动荡、无根无基。他向黛尔菲谈到自己在写作上所受的熏陶;她的文学知识十分渊博。他们畅谈自己的兴趣偏好,但从来不谈私事。编辑小姐实在太想知道,她的新作者是不是已经有另一半了,却怎么都问不出口。她想办法绕着弯去打听,但徒劳无功。最后还是弗雷德里克主动开了口:

“我可以问您一个私人问题吗?”

“请问吧。”

“您有未婚夫吗?”

“您想我说实话吗?”

“是的。”

“我没有未婚夫。”

“这怎么可能呢?”

“因为我在等您。”黛尔菲脱口而出,连自己都感到惊讶。

她立即就想改口,想说这不过是句俏皮话,但她清楚地知道,自己刚才表达得清晰坚定。没有人能怀疑她话里的真诚。当然了,在你来我往的对话里,在回应“这怎么可能呢”的时候,弗雷德里克也在出招。这样接话不就是暗示他喜欢她吗?她尴尬不已,心里却慢慢承认,她那样讲是因为事实就是如此。事实太过纯粹,因此难以伪装。是的,她一直都希望遇见一个像他那样的男人,无论是外表上还是精神上。人们有时会说,所谓一见钟情,其实是一场重逢,是对早已存在于我们内心的某种感觉的回响。从第一次见面起,黛尔菲就感受到了这种心神不宁;那是一种似曾相识的感觉,甚至,她或许早已在预知梦里见过他。

弗雷德里克猝不及防，不知道如何回答。在他眼里，黛尔菲完完全全是真诚的。当她恭维他的小说时，他总是能从中读到一丝夸张的成分。他设想那是一种职业要求，她必须要显得格外兴奋。但此刻，她的语气毫无修饰。他应该说些什么，接下来的话将决定他们的关系何去何从。他难道不想和她保持些距离吗？只维系工作上的合作关系，专心处理他的小说及接下来的作品。然而，他们二人是那样心心相连。他无法对这个女人无动于衷，她是那样懂他，改变了他的人生轨迹。他沉浸在混乱的思考里，黛尔菲不得不重新拾起话头：

“即便这份心意不是相互的，请相信，我仍会以同样的热情出版您的小说。”

“感谢您的补充说明。”

“不客气。”

“那么，假设我们在一起了……”弗雷德里克的语气突然变得欢乐起来。

“嗯，假设……”

“要是我们分开了，那会发生什么？”

"您可真悲观。什么都还没开始,您就已经在谈分手。"

"我只想您能回答一下：如果有一天,您讨厌我了,您会把我的书稿全部丢进碎纸机吗?"

"当然了。这便是您要冒的风险。"

"……"

他笑了,定定地看着她,在他的目光里,一切开始了。

3

他们离开了酒吧,在巴黎城散步。他们变成了这座城市的游客,漫无目的地游荡,不过最后,他们还是来到了黛尔菲家。她在蒙马特区租了一间单身公寓,很难说这是个比较大众还是小资的街区。他们踏上通往三楼的楼梯：一场前戏。弗雷德里克注视着黛尔菲的小腿,而她知道自己正被观察着,一步一步慢慢地向上走。一进公寓,他们就径直走向床,躺了上去,没有一丝的狂热,就好像最激烈的欲望会带来同样强烈的冷静。一会儿以后,他们做爱了。二人久久相拥,心头激荡着一种奇异的感觉,几小时之前他们还那样陌生，如今却忽然这般亲密。转变很迅速，转变很美好。黛尔菲的身体找到了一直苦苦寻觅的港湾。而弗雷德里克感到自己终于平静下来，他心里那莫名的缺口得到了填补。二人都清楚，自己从来没有过这样的经历。或者，这更像是别人的故事。

深夜里，黛尔菲开了灯：

“是时候讨论一下你的合同了。”

“啊……所以是为了谈判……”

“当然了，我在和所有作者签约前都跟他们睡一觉。这样能更好地拿到影视改编权。”

“……”

“所以？”

“都给你。我全都给你。”

4

不幸的是，《浴缸》是一场失败。而“失败”是个重词。在一本小说出版后，人们都会期待些什么呢？尽管黛尔菲付出了那么多努力，她在媒体界的熟人也积极宣传，但那几篇赞扬天才新秀的生花妙笔的文章并没能改变一本出版物的典型命运。人们总是以为，得到出版就是找到圣杯。那么多人在写作时都梦想着找到它的那一天，但比起无法出版的痛苦，还有更加残忍的事情：出版后没有得到一点关注①。几天之后，这本书就哪儿也见不着了，你一间间书店地找过去，可怜巴巴地想要寻找一丝这一切存在过的痕迹。出版一本没有读者的书，就像是给“无人问津”四个字做一次最生动的演绎。

黛尔菲不遗余力地安慰弗雷德里克，告诉他一次挫折不会影响出版社对他的信心。但无济于事，他觉得既空虚又屈辱。这么多年来，他一直坚信自己有一天能靠文字立足。他喜欢以前的自己，那个年轻人一边写作，一边盼着很快就能出版第一部小说。但如今，当梦想已被现实蒙上阴影，他还能希冀些什么呢？他不想表演那种喜剧，假装对小说获得的溢美之词欣喜若狂，就好像许多其他作家那样，因为《世界报》上的寥寥几行点评就洋洋得意。弗雷

① 理查德·布劳提根应该创建另一家图书馆的。那里收集无人谈论的出版物：一家隐形书籍图书馆。——原注

德里克·科斯卡斯一直都客观冷静地看待自己的处境。并且他明白,不应该改变自己的独特之处。人们不读他的书,事情就是这样。“至少,我因为出版这部小说遇见了一生挚爱。”他这样开导自己。他应该继续自己的道路,就像一个被队伍遗忘的士兵那般独自坚持。几个星期之后,他重新开始写作。一部书名暂定为《床》的小说。他没有和黛尔菲细讲自己的计划,只是简单地说:“哪怕这又是一场重击,起码床能比浴缸要来的柔软一些。”

5

他们一起安了家,也就是说,弗雷德里克搬到了黛尔菲的家里。他们不想让别人的评头论足影响自己的感情,因此出版社里没人知道他们在一起了。每天早上,她出门上班,而他开始写作。他决定从头到尾都在床上写这本书。写作能够提供绝佳的不在场借口。作家是唯一一种让人可以整天裹在被子里还能说“我在工作”的职业。有时,他会睡个回笼觉,或者半睡半醒地胡思乱想,同时告诉自己这样有益于创作。现实却截然相反:他感到自己的灵感日渐枯竭。他有时会想，这从天而降的幸福生活是不是不利于创作。不是只有迷惘或脆弱的情绪才适合创作吗？不，这个想法太荒谬了。快乐的时候能写出杰作，绝望的时候也能写出杰作。相反，他平生第一次感到人生像样了起来。黛尔菲一人赚钱供二人生活，而他得以有时间写小说。他不觉得自己像个寄生虫，而是坦然接受由人供养的事实。这算是二人之间的某种爱情契约：归根结底，他也是在为她工作，因为她会出版他的小说。不过他知道，她会是个公正的评审，他们之间的关系丝毫不会影响她对于小说质量的意见。

在此期间，她出版了别的作家的作品，她敏锐的文学触觉持续引起大家的关注。她拒绝了好几家出版社抛来的橄榄枝，始终忠诚于她的伯乐格拉塞。弗雷德里克有时候会因为嫉妒闹些小脾气："什么？你出版了这本书？为什么？这本书糟糕成这样。"她则回答道："别像那些酸溜溜的作者一样，觉得其他所有人的书都不忍卒读。我一整天都在忍受那些自大狂，已经快受不了了。晚上回到家的时候，我希望看到的是一个专注于工作而不是别的事情的作家。其他人一点也不重要。我一边出版其他人的作品，一边等你的《床》。可以说，我所做的一切都是为了等到你的床。”黛尔菲仿佛有一种魔力，可以平息弗雷德里克的焦躁。爱幻想的文学青年是她，脚踏实地的女人也是她，她是两者的完美结合；她身上的这种力量源自她出生的地方，也来自父母给她的爱。

6

是的，她的父母。黛尔菲每天都和母亲通电话，详细地向她讲述自己的生活。她也会和父亲通话，但相比起来，他们的对话要精简得多，删去了一些无用的细节。不久前，他们俩都退休了。“我是一个语文老师和一个数学老师带大的，我的精神分裂就是这么来的。”黛尔菲开玩笑道。她父亲之前在布雷斯特工作，母亲在坎佩尔[1]，每个晚上，他们都会一起回到在克罗宗市莫尔加[2]的家。那是个神奇的地方，似乎与世隔绝，只有蓬勃的大自然。在那样一个地方，不可能会有烦恼；仅仅看着海，一天就能过去。

---

① Quimper，法国布列塔尼大区城市。
② Morgat，法国布列塔尼大区克罗宗市乡镇。

黛尔菲所有夏季假期都在父母家过，她的新生活也不会破坏这样有规律的安排。她向弗雷德里克提议同行。这是个机会，可以介绍法比妮和热拉尔给他认识。他露出犹豫的神色，就好像有别的安排一样。他问：

“在那个家里，你的床是什么样子？”

“没有男人躺过的样子。”

“我会是第一个和你在上面睡觉的男人吗？”

“第一个，也希望是最后一个。”

“我想像你回答问题那样来写作。总是那么美，又那么有力量。一锤定音。”

“你写得更好。我知道。我比所有人都先知道。”

“你真是太棒了。”

“你也不坏。”

“……”

“那里是世界的尽头。我们可以沿着海岸散步，一切都会明朗起来。”

“那你父母呢？我写作的时候不一定合群。”

“他们会理解的。我们自己会一直聊天，但从不强迫别人参与。那可是布列塔尼……”

“‘那可是布列塔尼’是什么意思？你老说这句话。”

“你会懂的。”

“……”

7

事情并不完全如预期的那样进行。从到达的那一刻起，弗雷德里克就受到了黛尔菲父母的热烈欢迎。这是她第一次带男人来见他们，事情很明显了。他们什么都想知道。大概要等下次来才会有所谓的“不强迫”说话。尽管一想到要提及自己的过去，弗雷德里克就会觉得尴尬，但此刻，他一上来就被关于他的生活、父母和童年的问题团团包围。他努力显得善于交际，回答的时候还穿插些趣闻轶事。黛尔菲有理由怀疑，那些故事都是他凭空捏造的，好让他的讲述比枯燥的现实更加生动。

热拉尔早已专心致志地读完了《浴缸》。一位出版了一本默默无闻的小说的作者遇上了自己的读者，而读者为了哄他开心，便不停地聊关于这本书的话题，这反倒挺让人郁闷的。当然了，对方是出于好意。但才刚安顿下来，在露台喝上第一杯开胃酒，面朝着令人心旷神怡的美景，弗雷德里克不禁感觉到有些尴尬，如此美妙的时刻却要谈论如此平庸的小说。他已渐渐从那部小说中走了出来，看到了其中的缺点，和那种过于求好的写法。就好像每一个句子都一定要证明作者有了不起的文采。第一部小说总是好学生写的。只有天才能上来就有那种懒学生的做派。不过，自然是需要一些时间，才能懂得叙述的缓急节奏，懂得隐藏在表面文字之下的内在情节要如何发展。弗雷德里克有预感，他的第二部小说会更好，他不住地这么想着，却没有告诉任何人。直觉说多了便不再灵验。

“《浴缸》是一部关于当今社会的绝妙寓言。”热拉尔继续道。

“啊……”弗雷德里克回应他。

“你写得很对：过于丰富充足的物质生活一开始会让人迷惑。而如今，它却叫人想要放弃。什么都有，就等于什么都不再想要了。在我看来，这个等式恰当极了。”

“谢谢您。真是不敢当……”

“你就收下称赞吧。这里可不是每天都这样的。”他大笑说道。

“您受到了罗伯特·瓦尔泽①的影响，不是吗？”法比妮接话道。

“罗伯特·瓦尔泽……我……是的……是这样，我很喜欢他。我自己都没有意识到，但您说的当然是对的。”

“你的小说让我尤其想到他的短篇小说《散步》。在谈论闲逛这件事上，他有种了不起的天赋。瑞士作家是最会描写无聊和孤独的。你的书里也有这种东西：你让空虚变得生动。”

“……”

弗雷德里克不知道该说些什么。他有多久没遇见过这样的善意和关爱了？寥寥几句话，他们就抚平了大众的不理解给他留下的伤痕。他看向黛尔菲，是她改变了自己的生活。她给了他一个温柔的微笑，而他心里想，他很想要看看那张床，那张没有任何男人到过的床。在这里，他们的爱情似乎又升华到了一个新的境界。

---

① Robert Walser(1878—1956)，瑞士作家。

8

在初见面热切的谈话之后，黛尔菲的父母不再向弗雷德里克提太多问题。一天天过去，他在这个陌生的地方快乐地写作。早上，他专心致志地写小说，下午，他与黛尔菲一起散步，他们信步闲逛在这片土地上，一个人也不会遇到。这里是适于忘记一切的所在。她也喜欢一路走，一路向他讲述自己少女时代在这里留下的印记。过去一点点拼凑起来，现在，她生命中的每一个时刻都铺展在弗雷德里克面前，他可以在所有的时光里去爱她了。

空暇时，黛尔菲会与孩提时代的伙伴们重聚。这是一种特殊的友谊：他们在特定的地方才显得格外亲密。要是在巴黎，她与佩里克或者苏菲也许就没话好聊了，他们已经变成了如此不同的人，但在这里，他们可以聊上几个小时。每个人都讲述自己这些年的生活。大家向黛尔菲打听她遇见的名人的事。“许多人都很肤浅。”她言不由衷地说道。人们总是讲别人希望听到的话。黛尔菲知道，儿时的朋友们希望听到她批评巴黎；那会让他们感到宽慰。她和他们在一起慢悠悠地聊着，只有一件急事挂在心上：回去见弗雷德里克。她很开心，他在布列塔尼能如此自在舒心地写作。她向自己的朋友们推荐他的小说。

“有口袋本吗?”

“没有。”黛尔菲结结巴巴地说。

尽管她的影响力日益扩大，但仍没办法说服任何人去再版这部销量一塌糊涂的小说。没有任何客观的理由可以证明，便宜些的价格就能扭转《浴缸》在市场上的命运。

黛尔菲想要转换话题，聊聊她此行带回来的小说。得益于新科技，她不需要再在假期里吃力地拖着成箱的书稿旅行。这个八月，她有二十几本书稿要看。全部书稿都存在电子阅读器里。大家问她这些小说都讲了些什么，可大部分时候，她也没办法说出个大概。她没读到什么让人印象深刻的作品。但她依然在每次开始阅读一本书稿的时候都激动不已。要是这一本很棒呢？要是能就此发掘一个新作家呢？这份职业总是能最大程度地调动她的激情，她怀抱着孩子般的热情投入工作，就像在找寻藏在花园里的巧克力。而且，她还很喜欢重新审校那些已经出版的书稿。她至少看了十几遍《浴缸》。当她真的喜欢一部小说的时候，一个逗号的去留都会牵动她的心绪。

9

这天晚上的天气好极了，他们决定露天吃晚餐。弗雷德里克帮忙摆了桌子，很是开心，觉得自己终于能派上点用场。这心情说来有些荒谬。当作家们想到自己能完成一项家务，就会感到非常高兴。他们的灵魂总是虚无缥缈地游荡，需要一点实实在在的快乐来平衡一下。黛尔菲与父母聊了很多，这让她的伴侣十分着迷。他们之间总是有那么多话可讲，他想。他们的对话永远不会有冷场，总是一句接着一句。眼前的场景让弗雷德里克越发意识到自己与父母之间的沟通障碍。他们到底读过他的小说吗？应该没有吧。母亲很想改善和他的关系，但由来已久的疏远很难再去弥补。毕竟，他已经很少再想到父母。他有多久没和他们说过话了，他真的说不出来。小说的失败让他更不愿意接近他们。他不想看到父亲鄙夷的眼光，父亲定会向他历数所有那些大获成功的小说。

弗雷德里克甚至不知道这个夏天他们在干什么。在他看来，他们俩能待在一起已经够奇怪的了。分开二十年之后，他们最近又生活在了一起。他们到底是怎么想的？无法理解自己的父母，这一定算是一个成为小说家的好理由。可以想象，他们尝试了各自生活，但发现并没有过得更好，因此又回到原点。童年时，弗雷德里克总是得拖着行李不停地两边往返，这让他很是痛苦，而如今没有了他，父母却重新过上了共同的家庭生活。他应该为此感到愧疚吗？真相也许更为简单：他们只是害怕孤单。

弗雷德里克停下了思绪①，重新回到当下的谈话之中。

"你还没读厌那些稿子吗？"法比妮问女儿。

"没有，我非常喜欢。但最近，我真的有点累了，没读到什么特别有趣的。"

"那《浴缸》呢？你当时是怎么发现它的？"

"很简单，弗雷德里克寄来了书稿。我在翻堆书稿的办公室时注意到了它。我被题目吸引了。"

"其实，我是把书稿放在了接待处，"弗雷德里克补充道，"我去

---

① 他已经走神多久了，谁也说不上来。人类有这种独特的能力，可以一边想别的事情，一边装作全神贯注地听着别人的谈话，还会不时点头应和。这也是为什么永远都不要指望能在任何人的眼神里读到他真实的想法。——原注

了好几家出版社，但心里并不大信这一套。我完全没有想到会有人第二天早上就给我打电话。”

“进展这么迅速是很少见的，不是吗？”热拉尔问，他总是很积极地参与谈话，就算实际上并没有那么感兴趣。

“当然，我们很少那么快给出反馈。并且，也很少那么快就出版。在格拉塞，邮寄来的小说里，一年只有三四部能被出版。”

“一共能收到多少部呢？”法比妮问道。

“几千部。”

“我想，应该有人负责退稿吧。这工作量可不小。”热拉尔轻声说。

“一般来说，是由实习生寄出一份统一格式的信件。”黛尔菲解释道。

“啊对，著名的退稿信：‘尽管您的稿件质量很高……但我们遗憾地通知您，贵作并不符合我们的出版风格……顺祝……’出版风格，这可真是个好借口啊。”

“你说得对，”黛尔菲对母亲说，“而且，其实所谓出版风格根本不存在，不过是个借口。只要看一眼我们的出版目录就知道，我们出的书什么类型都有。”

对话出现了短暂的冷场：德斯佩罗家极少出现这样的现象。热拉尔趁机又给每个人都倒了一杯红酒；已经是这个晚上的第三杯了。

法比妮接过话头，讲了一个发生在当地的小故事。

“好几年前，克罗宗图书馆的馆长兴起一个念头，要收集所有被出版社退稿的书。”

“是吗？”黛尔菲十分惊讶，她竟然从来没听说过这件事。

“是的，我想这项计划的灵感来自一家美国图书馆。我对细节不是很确定。我只记得那时候，大家纷纷谈论这件事。人们觉得这件事很好笑。有人甚至说，这是一个文学废品回收站。”

“这个说法很蠢，我觉得这是个好主意，”弗雷德里克打断道，“如果没有人想要我的书，我也许也会希望它至少能被一个地方接收。”

“现在还在进行吗？”黛尔菲问道。

“是的。我不觉得还非常活跃，但几个月前，我去图书馆，看到最靠里的所有书架都还是专门留给退稿的。”

“那里该供奉了多少草包圣人啊！”热拉尔开玩笑道，但似乎并没有人欣赏他的幽默。

弗雷德里克知道，他应该留给母女俩单独对话的空间。他给了黛尔菲一个心照不宣的微笑，不过没有太明显地笑出声来。热拉尔收敛起戏谑的语气，承认他觉得这个想法很荒谬。身为一名数学老师，他没法想象能有个地方专门用来保存那些失败的科学研究，或者是没有生效的专利。成功和失败之间本应泾渭分明。他还有另外一个没那么奇怪的比喻：“要是在爱情里，这就好像是一个女人拒绝了你，但还是允许你和她不清不楚。”黛尔菲和法比妮并不是很懂这个类比，但仍然大大赞扬了这个理性男人的感性发言。科学家们有时候会喜欢这些诗意的隐喻，它们是那么精彩，正如四岁孩子写出的诗篇（该睡觉了）。

10

一躺到床上，弗雷德里克便抚摸起黛尔菲的双腿，先是小腿，然后是大腿，最后将一根手指停在她身体的某一点：

“如果我把手放这儿,你会拒绝吗?”他呢喃道。

11

第二天早上,黛尔菲向弗雷德里克提议一起骑车去克罗宗,实地看一看那家图书馆。通常,他至少要工作到下午一点钟,但他同样也十分迫切地想要一探究竟。真切地感受一下别人的失败也许会让他好受一些。

玛嘉利仍旧在图书馆工作。她胖了不少。她不知道这是为什么,也就任由体重增长。她并不是在两个儿子出生后立即变胖的,而是在好几年之后。或许,在领悟到她会一辈子待在这里,做这份工作直到退休的那一刻,她就对外表放弃了追求。而当她发现,她多长的体重实际上并没有让丈夫觉得不舒服,也就继续听之任之,最后简直都要认不出自己来了。他对她说,无论她的身体如何变化,他都会爱她,她本可以从中得出结论,认为他深深地爱着自己;但其实,她已看出,他只是漠不关心。

还有另外一个重要变化:年复一年,她对于文学更加内行了。

开始这份职业时，她不过是误打误撞，对书本毫无兴趣，如今却能为读者提供咨询服务，带他们去找自己需要的书。她逐步改造了这个地方的面貌。她为青少年开辟出一块宽敞的专用区域，并为想要高声朗读的读者设立了休闲室。她的儿子们已经成年，常常在周末来搭把手。这两个大块头像父亲一样，也在雷诺修理厂工作，他们会蜷着身体，为孩子们读《想要知道是谁把粑粑拉在它头上的小鼹鼠》。

不再有什么人为退稿图书馆而来，连玛嘉利自己都快忘了它的存在。有时候，会有看起来有些鬼鬼祟祟的人进门，害羞地说没人想要他的书；同样没被出版的作家的朋友的朋友告诉他，这里有地方可以收留它。在这个梦想幻灭者的群体里，消息悄悄地流传着。

年轻的情侣踏进图书馆，黛尔菲自我介绍，说她住在莫尔加。

“你是德斯佩罗家的女儿吗？”玛嘉利问道。

“是的。”

“我记得你。你小的时候常来这里……”

“是的。”

“其实，主要是你母亲常来帮你借书。不过，你不是在巴黎的出版社工作吗？”

“没错，说的就是我。”

“你可以免费帮我们弄些书来吗？”玛嘉利问道，她有着与自己的文雅气质不相称的商业头脑。

“呃……当然了，我会去看看我能做些什么。”

“谢谢。”

“不管怎么样，我可以给您推荐一部特别棒的小说——《浴缸》。您可以免费拿到几本。”

“哦对，我听说过这本书，似乎写得很差。”

“不，一点都不差。正好，我来给您介绍一下作者。”

“哦，对不起。我真是一出口就是蠢话。”

“别担心，”弗雷德里克安慰她，“我有时候也会没读过就凭空说一本书很差。”

“我会好好读的，并把它放在前排书架。毕竟，在克罗宗，不是每天都有大明星大驾光临。”玛嘉利努力找补。

“大明星，也有点夸张了吧。”弗雷德里克嘟哝了一声。

“怎么样都是被出版了嘛。”

“对了……”黛尔菲插话道,“我们过来见您,是因为我们听说这里有个有些特别的图书室。”

“我想你说的是存放退稿的那个吧。”

“没错。”

“在大厅最里面。我把它保留下来是为了向创立人致敬,但那儿差不多就是一堆废纸吧。”

“是的,当然了。不过我们喜欢这个主意。”黛尔菲说。

“你这么说古尔维克一定会很开心,是他创立了这个图书室。他喜欢有人对此感兴趣。可以说,这是他一生的心血。他将他人的失败转换为了自己的成功。”

“这真是太美了。”弗雷德里克总结道。

玛嘉利不经意地说出了这句富含诗意的话;她让小情侣自己走去存放退稿的区域。她想,她已经很久没有清理过那些书架上的灰尘了。

第三部分

1

几天之后，黛尔菲和弗雷德里克又回到了图书馆。读那些莫名其妙的书稿让他们很是开心。他们会在看到一些书名时发出爆笑，但也会因为一些私人日记而感动不已，尽管写得蹩脚，其中的感情却是真真切切的。

不知不觉，他们就在这里待了一整个下午。傍晚时，黛尔菲的母亲焦急地在花园里等待着。终于，在太阳下山之前，她看到小情侣回来了。他们从远方出现，自行车车灯在他们身前闪烁。她立即认出了女儿，她总是一丝不苟地笔直前行。那条有点紧张和机械的光线后面就是她。而弗雷德里克的车灯光线则更有艺术家气质，他随意散漫地骑着车，并不沿着既定的轨道向前。可以想象，他一路上都这里那里看个不停。法比妮心想，他们真是天生一对：

他们是现实和幻想的结合。

“对不起妈妈，我们的手机没电了。并且我们被耽搁了。”

“被什么耽搁了？”

“被一件非比寻常的事情。”

“发生了什么？”

“咱们先把爸爸也叫来吧。所有人都得在。”

她以郑重其事的语气说出了最后这句话。

2

几分钟后，在喝开胃酒时，黛尔菲和弗雷德里克讲述了他们在图书馆度过的这个下午。他们轮流发言，相互补充各种细节。感觉得到，他们想要尽可能讲得久一些，将悬念留到最后。他们讲到那些让他们乐不可支的书稿，特别是最猥琐或者最离奇的那几本，例如《自慰与寿司》，那是一首对生鱼片的色情颂诗。父母坚持要他们讲快一些，但无济于事，他们偏要选择弯弯曲曲的小径，时不时还停下来欣赏一下路边的风景，他们的故事俨然成了一段慢悠悠、乐滋滋的旅途。直到突如其来的转折：

“我们发现了一部杰作。”黛尔菲宣布。

“啊，是吗？”

“一开始，我告诉自己，有几页不错，这也不是没可能，但接着，我就被故事给吸引住了。我没法放下这本书，在两个小时里一气读完。我完全被打动了。而且，作者的文笔是那样奇特，既简洁又充满诗意。我一看完就给了弗雷德里克，我从来没见过他那个样子。我觉得他看得入了迷。”

“是的，就是这样。”弗雷德里克证实她说的话，他看起来好像还没从震惊中缓过来。

“这本书是讲什么的？”

“我们把书稿借出来了，你可以读一读。”

“你就这么把它拿出来了？”

“是的，我觉得没人会有意见。”

“那么，故事的主题是什么？”

“书名叫《爱情故事的最后时分》。妙极了。故事讲的是一段就要结束的感情。出于各种各样的原因，主人公情侣不能再继续相爱下去。这本书讲述了他们在一起的最后时光。但这本书的非凡之处在于，作者在同时平行叙述了普希金的临终时刻。”

“是的，普希金在一场决斗中受伤，”弗雷德里克继续道，“他在死前深受折磨。将一段爱情的结束与俄罗斯最伟大的诗人的临终痛苦结合在一起，这是个无与伦比的想法。”

“而且，这本书以这句话开始：‘没有读过普希金，便无法理解俄罗斯。’”黛尔菲补充道。

“我简直等不及要读这本书了。”热拉尔宣布道。

“你？我以为你不怎么喜欢读书呢。”法比妮说。

“是，但这本书让人想读。”

黛尔菲打量着父亲。此时，她是以编辑而不是女儿的目光看着他。她立即明白，这本小说能够打动读者。并且，当然了，发掘它的故事也会让书的出版成为一个绝妙的话题。

“作者是谁？”母亲问。

“我不知道。他叫作亨利·彼克。书稿上写着他住在克罗宗。找到他应该很容易。”

“我对这个名字有印象，”父亲说，“我在想，是不是开了很长时间披萨店的那个家伙。”

小情侣盯着热拉尔。他不是一个会弄错事情的人。他所说的听起来很不真实，但这整一趟奇遇都是如此。

第二天早上，黛尔菲的母亲也读完了书。她认为故事情节非常美，并且相当简洁，她又补充了一句：

“的确，因为有平行发展的普希金垂死之际的故事，小说展现出一种悲剧的力量。我在别处从来没听说过这个故事。”

“法国人对普希金所知甚少。”黛尔菲回应道。

“他的死竟是这样荒谬……”

法比妮还想多聊聊这位俄罗斯诗人和他的临终境遇，但黛尔菲打断了她，想要谈一谈小说的作者。她一整个晚上都在想这个人。是谁能够写出这样一部书但又无人知晓呢？

找到这个神秘男人的踪迹并不复杂。在谷歌输入他的名字，弗雷德里克发现了两年前的一则讣告。所以，亨利·彼克永远都不会知道，他的书会拥有如此热情的读者，其中还有一位女编辑。应该去见一见他的亲友，黛尔菲想。讣告中提到，他有妻子和一个女儿。那位遗孀住在克罗宗，她的地址黄页里就有。这称不上是一场多复杂的调查。

3

玛德琳·彼克刚过八十岁,在丈夫去世后便一个人生活。四十多年来,他们一同经营一家披萨店。亨利负责后厨,她在前厅服务。他们一辈子的生活作息都跟随着餐馆的节奏。退休彻底改变了他们的生活。但他们的身体的确已经跟不上了。亨利得了心脏病。之后,他只得违心地卖掉餐馆。有时,他会以顾客的身份回到披萨店。他向玛德琳坦承,当时的心情就像是一个离了婚的男人,看着前妻和新任丈夫在一起。在生命的最后几个月里,他变得越来越忧郁,对一切都漠不关心,对什么事都提不上劲儿来。妻子一直都比他要活泼合群,此时也毫无办法,只好眼睁睁地看着他日渐消沉。一次,他在雨中走的时间有些太久,几天以后,就在自己的床上离开了人世;这貌似是因为不够谨慎,但很难说是不是一次伪装好的自杀。在去世的床上,他看起来很是安详。如今,玛德琳大部分时间都一个人待着,但从来不会觉得无聊。有时,她会坐下来刺绣，她觉得这种消遣挺可笑的，但同时又做得不亦乐乎。在她绣一块桌布的最后几针时，有人敲了门。

她打开门，毫无慌张的神色，这让弗雷德里克很惊讶。这个地方的人好像从来不会害怕有坏人闯入。

“您好。很抱歉打扰您了。您一定是彼克太太吧？”

“是的，要是没有别人的话，就是我了。”

“您丈夫叫作亨利？”

“直到去世前，他都是叫这个名字。”

“我叫黛尔菲·德斯佩罗。我不知道您是不是认识我的父母。他们住在莫尔加。”

“是的，也许认识。我开餐馆的时候见了那么多人。不过我的确有印象。你小时候是不是扎着辫子，骑一辆红色自行车？”

“……”

黛尔菲哑口无言。眼前的女人怎么能清楚记得这样一个小细节？一点没错，说的就是她。那一瞬间，她恍惚又变回那个扎着辫子、骑红色自行车的小女孩。

他们走进客厅。那里有台存在感很强的时钟，一直滴滴答答地走个不停。但玛德琳已对此听若无闻。每一秒的声音都已经与她的日常融为一体。到处散落的小玩意儿让这儿俨然像个布列塔尼纪念品商店。在这座房子里,人们一秒钟都不会怀疑自己身在别处。这里散发着布列塔尼的本地气息,没有一点点外出旅行过的痕迹。当黛尔菲问这位老妇人是否偶尔会去巴黎,她的回答不留一点情面:

"我去过一次。简直是个地狱。人潮拥挤,压力巨大,臭气熏天。而且说实话,那个埃菲尔铁塔,人们总是大肆宣扬,我完全理解不了。"

"……"

"我给你们拿点什么喝的吧?"玛德琳又说。

"好的,十分感谢。"

"你们想要什么?"

"都行,看您方便。"黛尔菲回答道,她已经看出来,最好不要得罪这位女主人。玛德琳去到厨房,将客人留在客厅。小情侣彼此尴尬地对视了一会儿。玛德琳很快就端了两杯焦糖茶出来。

出于礼貌,弗雷德里克喝下了他的茶,尽管他其实十分讨厌焦糖的味道。他在这间屋子里并不自在,这里让他透不过气来,甚至有些害怕。他觉得,在这里发生过什么可怕的事情。这时,他注意到壁炉上挂的一张照片。照片上是一个神情忧愁的男人,蓄着茂密的胡子。

“这是您的丈夫吗?”他轻声问。

“是的。这是一张我很喜欢的照片。他看起来很开心。而且他在笑,这可很少见。亨利不是个外向的人。”

“……”

她的回答可谓是相对论的实证:在这张照片上,两个年轻人找不出一丝微笑的痕迹,连一点开心的神色都没有。相反,亨利的目光里蕴含着深沉的忧伤。然而,玛德琳继续评论着丈夫的快乐,在她看来,这是一种不同于流俗的快乐。

黛尔菲不想催促女主人,觉得最好先让她随意聊一聊,聊聊她的生活、她的丈夫,然后再点出此行的主题。玛德琳谈到了他们过去的工作,聊到亨利投入在餐馆里准备一切的时间。其实也没什么重要的事好讲,她最后不得不承认道。时间过得太快了,就是这样。一开始,她说话的语气有些淡漠,但突然之间,她动了情。因为她意识到，自己从来没有谈论过亨利。去世后，他消失在了各种谈话和日常生活之中，甚至或许已从大家的记忆中抹去。于是，她开始任由自己吐露心声，这并不是她往常的习惯；她甚至没有问问自己，这两位坐在她客厅里的陌生人到底为什么要来听她讲亡夫的故事。当某件事情让人觉得自在的时候，我们就不会去寻思它的由来。慢慢地，一个男人的轮廓被勾勒了出来，他的一生过得平凡无奇、谨小慎微。

"他有什么爱好吗？"在片刻的空白之后，黛尔菲问道，她想加快一下节奏。

"……"

"您有没有在披萨店里见过一台打字机？"

"什么？打字机？"

"是的。"

"没有。从来没有。"

"他喜欢读书吗？"黛尔菲又问。

"读书？亨利？"她微笑着回答道，"不，我从来没见他读过一本书。除了电视节目单，他什么也不读。"

两位访客的神情惊讶至极，但同时又透着一股兴奋。面对客人的沉默，玛德琳突然补充道：

“说起来，我又想到了一个细节。我们出让披萨店的时候，花了好些日子去整理。这么多年来，我们堆了那么多东西。我记得在地下室看到了一个装书的纸板箱。”

“所以您觉得，他会在您不知情的情况下在餐厅里读书？”

“不。我问他那是什么，他说那是这么多年来顾客们忘在店里的书。他把书都放在那里，以备他们回来找。当下我觉得有些奇怪，因为我不记得有顾客把书忘在桌子上过。但我不是总待在那里。打烊后，我常常先回家，留他收尾。他在餐馆的时间比我要多得多。他早上八九点钟就会到，半夜才回家。”

“是的，那是很长一段时间。”弗雷德里克评论道。

“亨利很高兴能够那样。他喜欢没人打扰的早上。他会准备面团，会想着如何更新菜单，免得顾客厌倦。他喜欢创造新的披萨。他觉得给它们取名字很有趣。我记得有碧姬·巴铎，还有一款有红辣椒的叫斯大林。”

“为什么是斯大林？”黛尔菲问。

“哦,我也不大清楚。他常常会异想天开。他很喜欢俄罗斯。确切地说是俄罗斯人。他说,这是个骄傲的民族,有些像布列塔尼人。”

“……”

“抱歉,我要去医院看一个朋友了。我现在外出都是这样的行程。医院、养老院或是墓地。奇妙的三点一线。不过,你们是为什么想要见我来着?”

“您马上就得走吗?”

“是的。”

“这样的话,”黛尔菲失望地说,“最好还是等下次见面吧,因为我们要跟您说的事情得花点时间才能讲清楚。”

“啊……您把我搞糊涂了,不过我真的得走了。”

“谢谢您费心费时招待我们。”

“不客气。你们喜欢焦糖茶吗?”

“是的,谢谢。”黛尔菲和弗雷德里克异口同声道。

“那就好,因为这是别人给我的,我一点儿也不喜欢。所以我努力在有客人的时候甩掉它。”

看着两个巴黎人的惊讶神色，玛德琳补充道自己在开玩笑。随着年岁渐老，她意识到，不再有人觉得她还能玩幽默。老人家就应该阴阴沉沉、糊糊涂涂的，连一句机灵话都不会说。

离开的时候，黛尔菲问她是否还能再见面。玛德琳戏谑着说道，她现在随时都能约会，他们希望是什么时候就是什么时候。他们约定第二天见面。这时，老妇人走近弗雷德里克：

“您看起来脸色很差。”

“啊，是吗？”

“您应该在海边多散散步。”

“您说得对。我出门时间的确不够多。”

“您是做什么的？”

“我是写小说的。”

她惊愕地看了他一眼。

4

一进到女友的病房，玛德琳就向她讲述了刚刚客人的来访。

她着意多讲了会儿焦糖茶的故事，好逗女友开心。西尔维娅握了握她的手，表示很喜欢她的故事。两个女人打小就认识，她们曾一起在学校操场跳绳，曾相互倾诉第一次和男孩在一起的经历，然后是孩子的教育问题，人生就这样一点点过去，直到二人的丈夫几乎在同时去世；而如今，她们中的一人要先走了。

5

在短暂的拜访之后，黛尔菲和弗雷德里克决定一起去那家曾属于彼克夫妻的餐馆吃午饭。披萨店变成了一家可丽饼屋，这似乎更加符合逻辑。人们来布列塔尼就是要吃可丽饼、喝苹果酒。入乡随俗，必须得服从每个地区专属的饮食霸王条款。因此，自从更换了新的店主，食客群体也有了巨大的改变；本地熟客让位给外地游客。

他们端详了许久这个地方，脑子里想着彼克就是在这里写出了他的小说。但在弗雷德里克看来，这件事简直像是天方夜谭：

“这里一点也不可爱，又热又吵……你想象得出他写作的样子吗?”

“可以。冬天这里一个人也没有。你没法想象,但好几个月里,这儿都很安静。正好就是作家们需要的那种消沉的气氛。”

“这倒不假。消沉的气氛,这也是我在你家写作的时候心里想的。”

“真好笑……”

二人有说有笑,为这个逐渐完整起来的故事感到越来越兴奋。玛德琳的性格让他们印象深刻。他们很想知道,第二天,当她得知丈夫的秘密生活时,会有什么反应。

女服务员[1]问他们想要点什么。每次都是一样,黛尔菲很快就选好了要吃的东西(这回是一份海鲜沙拉),而弗雷德里克则犹豫许久,惶恐地上下扫视着菜单,正是一副对着蹩脚的句子苦思冥想的作家模样。为了克服选择恐惧症,他四处窥探其他顾客碗碟里的东西。可丽饼看起来很不错,但选哪一种呢?他权

① 也就是老板娘;和彼克家一样,接手了这家餐馆的也是一对夫妻。——原注

衡好坏，摇摆不定，同时心里深知，自己注定不会有好运气。归根到底，他永远都选不到对的那一道菜。为了帮他一把，黛尔菲建议道：

“你每次都选错。要是你想要全麦的，就选个蘑菇的。”

“是的，你说得对。”

老板娘一言不发地听着他们的对话，但在和丈夫交代菜品时，她补充道：“我先跟你说好了，这是给神经病吃的。”一会儿以后，当弗雷德里克美滋滋地品尝着他的可丽饼，他承认，他的未婚妻一劳永逸地解决了问题：只要跟自己的直觉对着干就行了。

6

吃中饭时，他们重温了书稿里的故事：

“我们得到了我们的薇薇安·迈尔。”黛尔菲郑重其事地说道。

“那是谁？”

“那是位在死后才得到盛名的了不起的摄影师。”

“是的，你说得对。彼克就是我们的薇薇安。”

“简直一模一样。而且,人人都爱听这样的故事。”

薇薇安·迈尔的故事

(1926—2009)

在芝加哥,生活过一位有些古怪的法裔美国女人。她一生都在拍照片,但从未给任何人看过她的作品,也从未想过举办展览,甚至常常没有足够的钱去冲洗底片。因此,她没能亲眼见到自己大部分的作品,然而她非常清楚自己的才能。那么,为何她从来没有试过以此为生呢?她总是穿着宽大的裙子,终日戴着顶破旧的帽子,一辈子靠做保姆糊口。她照料过的孩子们都忘不了她,更忘不了那台总斜挂着的照相机。但谁能想到,她拥有着一双非同寻常的眼睛?

她去世的时候疯疯癫癫、一贫如洗,但留下了数以千计的照片,自被发现起,这些照片的价值与日俱增。在生命的最后阶段,她生病入院,于是再也付不起存放作品的地方的租金,储存底片的箱子被交给了拍卖行。一个年轻男人以极低的价格拍得了她的箱子,他正在筹备一部关于一九六〇年代的芝加哥的影片。他在谷歌上输入摄影师的名字，但一无所获。在创立了一个网页来展示这位陌生女人的照片之后，他得到了上百条溢美之词。薇薇安·迈尔的作品不可能会让人无动于衷。几个月后，他重新在搜索引擎上输入她的名字，这回跳出来的是她的讣告。一对兄弟为他们儿时的“阿姨”举行了葬礼。年轻人给他们打了电话，于是发现，这位摄影天才在她的大半生里，都做着保姆的工作。

这便是一个闻所未闻的例子：一位艺术家度过了不为人知的一生。薇薇安·迈尔对世人的赏识不感兴趣，更没想过将她的作品展示出来。而如今，她的作品在全世界巡回展出，她被认为是二十世纪最重要的女艺术家之一。她的照片以独特的方式捕捉了日常生活的种种场景，令人印象深刻。自然，她去世之后迅速享有的声誉也得益于她那难以置信的故事。两者密不可分，缺一不可。

在黛尔菲看来，彼克与薇薇安的类比十分合理。这是个布列塔尼的披萨师傅，他在完全无人知晓的情况下创作了一部伟大的小说。一个从未想过寻求出版的男人。这一定会吊起所有人的胃口。她开始向未婚夫抛出一连串的问题：“在你看来，他都是什么时间写作的？他的心境是怎么样的？为什么他从来没有给别人看过他的书？”弗雷德里克想要回答她的问题，于是，他进入小说家的角色，尝试描绘笔下人物的心理活动。

7

玛德琳说过，彼克每天一大早就到达餐馆。或许，他就是在这时候写作的，在揉好披萨面团等它醒一醒的时候。他在妻子到达之前把打字机收好。因此，没有人知道。每个人都有一座自己的秘密花园。他的花园就是写作。顺理成章地，他也从来没有想过要出版他的小说，弗雷德里克继续道。他完全不想将隐藏于内心的激情与任何人分享。得知退稿图书馆的存在之后，他直接把书稿存放在了那里。但在黛尔菲看来，有个细节显得有些突兀：为什么他在书上印了自己的名字？随时都可能有人读到这本书，从而找到他。他过着隐秘的生活，但又冒着被暴露的风险，这两者之间相互矛盾。他一定是认为，没有人会到这座图书馆的最深处去翻找。这就像是大海中的一个漂流瓶。写一本书，留它在某处。

谁知道呢？或许有一天会有人发现。

黛尔菲想到另一个细节。玛嘉利向她解释过，作者必须亲自过来递交书稿。一个如此喜好隐秘的人会屈从于这样的要求，真让人感到惊讶。他大约认识古尔维克，毕竟在半个世纪的时间里他们都住在同一个地方。他们有着怎么样的关系？图书馆馆员们或许也会宣誓，就像医生一样，弗雷德里克提出。因此他们要保守职业秘密。或者，彼克在递交他的小说时特意交待过："让-皮埃尔，拜托你来吃披萨的时候什么也不要说……"对于一个隐藏的文学天才来说，这句话显得有些平庸了，但或许，事情就是这样。

黛尔菲和弗雷德里克兴致勃勃地拼凑着各种可能性，尝试勾绘小说背后的小说。这时，《浴缸》的作者突然来了灵感：

"如果我把这个故事写下来呢？我们这次发现的幕后故事。"

"是个很棒的主意。"

"可以把它叫作'克罗宗手稿'。"

"好题目。"

"或者，'退稿图书馆'。你喜欢吗？"

"是的，这更好了，"黛尔菲回答道，"不管怎么样，只要你在我这里而不是在伽里玛出版,什么题目我都可以。”

8

这天晚上,在德斯佩罗家,人人都在谈论那部小说。法比妮认为它非常个人化:“小说看起来还是有些自传色彩,而且故事就发生在本地……”黛尔菲没有想过小说私密性的问题。她希望玛德琳可不要这样想:不然的话,遗孀有可能会反对出版。之后,多的是时间可以好好回顾彼克的一生,找寻书中情节与他的个人经历是否有对应的地方。编辑小姐最后决定将母亲的想法当作一个积极的信号:喜欢一本书的时候,人们总是希望知道更多。哪些地方是真的?哪些是作者的真实经历?比起图象艺术,艺术家的个人痕迹似乎在文学作品之中烙印得更深。居斯塔夫·福楼拜与他的艾玛·包法利心灵相通,但列奥纳多·达·芬奇永远不会说:“蒙娜丽莎,就是我。”①

① 相传福楼拜曾说过:“包法利夫人,就是我。”

当然，最好不要过早地去期待些什么，但是黛尔菲已经在想象，读者们会如何搜寻彼克的一生。伴随着这本书的问世，一切都可能会发生，她感觉得到，即使凡事都不可预料。有那么多编辑确信能登上畅销书榜的作品却惨遭滑铁卢，相反，有那么多成功作品在不经意间诞生。此刻，需要做的是说服彼克的遗孀。

弗雷德里克觉得，给她取个黑桃皇后[①]的绰号会很好玩，但黛尔菲一点都不想笑。这是件严肃的事。她得签出版合同。弗雷德里克想要安抚她：

“她有什么理由拒绝呢？发现自己在不知情的状况下与一位披萨界的菲茨杰拉德度过了一生，还是挺让人开心的。”

“那是当然。但同时，她也会发觉，自己与一个陌生人一起生活了一辈子。”

黛尔菲猜想着自己将要引发的冲击。玛德琳说过，她的丈夫从来不读书。但弗雷德里克或许是对的：她将要得知的是一个很有价值的好消息。毕竟，他们向她揭示的不是另一个女人，而是一

① 在法文中，“黑桃皇后”(la dame de pique)谐音“彼克的太太”。

部小说的存在[①]。

9

临近中午的时候，黛尔菲和弗雷德里克按响了彼克太太家的门铃。她立即开了门，请他们进去。为了避免直奔主题，他们谈论了一会儿天气，接着聊到了玛德琳前一天去探望的那位生病的朋友。尽管是弗雷德里克开口询问的，但他极不擅长假装对自己并不关心的事情感兴趣，以至于玛德琳不禁回应道：

"您真的想知道这些事儿吗？"

"……"

"我还是去给你们倒杯茶吧。"

玛德琳往厨房方向走去，黛尔菲得以借机狠狠瞪了同伴一眼。恋爱的时候，情侣间常会相互戏谑丑化。对于黛尔菲来说，弗雷德里克是社交障碍症的典型病例；而他眼里的她则是一个野心勃勃

---

① 或许有人会说这是一回事。——原注

的怪物。她在他耳边教训道：

“别拐弯抹角地讨好人家了。很明显，她喜欢直来直去。”

“我在努力创造信任的氛围。你也别装伪君子了。我敢说，你早就把合同打印好了。”

“我？没有。它在我电脑里呢。”

“我确定，我对你了如指掌。你准备分她多少版权收入？”

“百分之八。”她有些尴尬地承认道。

“影视改编权呢？”

“五五开。按照惯例来。你觉得合适吗？”

“可以，这个故事能拍一部非常棒的电影。甚至可以在美国翻拍。在旧金山取景，在薄雾笼罩的风景里。”

“焦糖茶来了。”玛德琳突然回到客厅，打断了两位客人关于合同的热烈讨论。她想象得到吗，在两位访客天马行空的幻想里，他们已经在考虑请乔治·克鲁尼来饰演她丈夫了？

和前一天一样，弗雷德里克被时钟的声音吵得心神不宁，他心里想，在这样一个被滴答声主宰的空间里，怎么能够形成清晰的想法呢？他想要在两秒之间的安静瞬间思考，但这就像下雨天在雨滴的间隙里迈步一样不可能。他想，最好还是由黛尔菲来说；她知道如何开口。

“您知道克罗宗图书馆吗？”她开始进入正题。

“知道。而且我和原先的馆长古尔维克挺熟悉。那是个善良正派的人，总是很热情。不过您为什么要问我这个？您希望我去借书吗？”

“不，完全不是。我向您提这个，是因为这座图书馆有个很特别的地方。或许您知道？”

“不，我不知道。行了，别绕弯子了，告诉我，你们找我到底想干什么。我又不是还有一辈子的时间可以耗……”她带着惯有的讽刺语调回答道，这种语气让来客无言以对，又不敢轻易发笑。

于是，黛尔菲开始长篇大论地从头讲起。为什么这个年轻女人要来给她重温一遍本地小图书馆的故事，玛德琳心里很是纳闷。她对古尔维克的退稿接收计划并不陌生。出于死者为大的心理，她刚才夸他热情。但其实，在她眼里，他有些疯疯癫癫的。人们都说他有教养、有学问，可玛德琳一直认为，他是个长不大的孩子，无法适应成人世界的生活。每次碰到他，她都会想到一列脱轨了的火车。而且，她知道一些事情。她认识他的妻子。所有人都指责她的离去，但玛德琳知道真相。她知道古尔维克的妻子为什么会离开。

想要获取信息，就要尽可能地延长对话，黛尔菲这样想。因此，在讲述图书馆的历史时，她不断填补上各式细节，其中不乏她凭空捏造的故事。弗雷德里克有些着迷地看着她，思忖着当小说家的是不是本该是她。凭着非凡的才能，她生动地渲染出了一个自己不曾亲历的时代。可以感觉到，她被一股真挚的热情燃烧着。终于，黛尔菲进入了主题，问起关于亨利的事。遗孀谈论着他，就好像他还生活在身边。她看着弗雷德里克补充道："您现在坐着的扶手椅是他的。除了他，谁都不能坐在上面。当他在深夜回来，喜欢在这儿坐一会。这是他的放松时间。我以前很喜欢在这里看着他，看着他沉浸在幻想里的神色，这样休息一会儿对他有好处。必须得说，他一刻不停地在工作。有一天，我想要数一数他做过的披萨的数量。我觉得应该超过了一万个。不过，这也没什么。总之，他就好好坐在他的椅子上……"弗雷德里克想要换个位子，但玛德琳阻止了他："不用，他不会回来了。"

在刚才，这个女人还显得既冷冰又尖刻，而此刻，却露出了更加真实动人的面孔。和前一日一样，一提到丈夫，她便流露出真我，流露出失去丈夫的悲伤之情。黛尔菲开始动摇；她接下来要说的事会不会让玛德琳承受不住？在那一瞬间，她向弗雷德里克用眼神交流了自己的想法，她有些想放弃了。

“不过，为什么您要问我这些以前的事情？”玛德琳问道。

她的问题没有得到回答。空气里蔓延开有些尴尬的沉默，甚至连时钟的声音在弗雷德里克听来也没那么刺耳了；又或许，他已经开始慢慢适应？

终于，黛尔菲回答道：

“在这座退稿图书馆里，我们发现了一部您丈夫写的书稿。”

“我丈夫写的？您在开玩笑吧？”

“书稿上的署名是亨利·彼克，据我们了解，没有别人叫亨利·彼克。并且，他住在克罗宗，因此只能是他了。”

“我家亨利竟然写过一本书？说真的，我太吃惊了。他从来没给我写过一个字。从来没写过一首诗。这不可能。我完全没办法想象他写作的样子！”

“然而，这就是他。或许在餐馆里，每天早上他都写一点。”

“而且，他从来没给我买过花。”

“这两件事有什么联系?”黛尔菲惊讶地问道。

“我不知道……这是那么一说……”

弗雷德里克觉得，关于花的联想很美。玛德琳的思绪奇妙地运转，仿佛妙笔真的能够生出花朵。

10

老太太重新拾起话头，继续表达自己的难以置信。或许是另外一个男人在书稿上写了他的名字，借用了他的身份?

“这不可能。古尔维克只接收亲手交到他那边的书稿。而这部书稿在退稿图书馆设立之初就入库了。”

“您是想让我相信古尔维克吗？谁能说不是他自己用了我丈夫的名字呢?”

“……”

黛尔菲不知道该怎么回答。毕竟，玛德琳说的也没错。目前，除了书稿上的名字,没有什么能够证明这部小说是由彼克创作的。

“您丈夫很喜欢俄罗斯……”这时候,弗雷德里克想起来了,“您和我们说过。”

“是的,然后呢?”

“他的小说讲述了俄罗斯最伟大的诗人的故事。普希金的故事。”

“那是谁?”

“普希金。法国很少有人读他的作品。真正热爱俄罗斯文化的人才会谈到他……”

“也不用那么夸张。不是说他做了个斯大林披萨就一定知道普希金。我觉得你们真的很奇怪,你们俩都是。”

“您最好能读一读这部小说,”黛尔菲打断道,“我确定您能在里面找到您丈夫的语气。您知道,人们常常会有不愿告诉别人的秘密爱好。您或许也一样?”

“不。我喜欢刺绣。并且我不觉得要向亨利隐瞒这事。”

“那秘密呢?”弗雷德里克接话道,“在您的一生里,一定会有一些事情隐瞒着您的丈夫。每个人都有秘密,不是吗?”

玛德琳不喜欢谈话的行进方向。他们以为自己是谁?至于小说的事，她实在没法相信。亨利……作家？得了……就连餐馆小黑板上的当日菜单都是她来写的。他怎么可能就一个俄罗斯诗人洋洋洒洒写上一大篇？还有一个爱情故事。这是他们俩刚说的。一个爱情故事，亨利？他从没有给自己写过半句甜言蜜语。他的脑子里能有一整部小说？这不可能。他给她留过的那寥寥几张字条都无一例外关乎餐馆的日常运营："记得去买面粉；给木匠打电话订新椅子；订西昂蒂葡萄酒。"这个男人能写出一部小说，她不相信；不过，凭过往的经验，她知道，世人总有本事出乎你的意料。她也听说过很多次，有些人过着平行的双重生活。

她开始历数自己身上所有亨利不知道的事情。她隐秘不宣的那部分自己。所有她瞒着他或是骗过他的事；他知道她的喜好和过往，知道她厌恶的事物和她的家人，但其他的事他并不了解。他对她的梦魇和她的欲望一无所知，不知道她在一九七二年曾有过的情人和之后再也没有见到他的痛苦，他不知道，尽管她嘴上没有那样说，心里却还想要个孩子；真相完全是另一回事：她不再能受孕了。她越想越觉得丈夫对自己的了解不过是片面的。于是，她也在心里承认，小说的事有可能是真的。她对亨利的刻画太过简单化了;是的,他的确不读书,并且表现得对文学毫无兴趣,但是,她一直觉得,他有一种独特的看待生活的方式。她认为他有着一颗高尚的心灵;他从来不随意评价别人,总是在发表意见之前深思熟虑。他是个非常有分寸的人,愿意凡事保持些距离,以局外人的态度去理解一切。她在脑海里丰富着他的形象,渐渐觉得,把丈夫想象成一个作家也不是不可能的事。

几分钟以后,她甚至在想,这件事很有可能。是的,不像是真的,但有可能。并且,还有另外一个因素要纳入考虑:她喜欢过往如此再现于眼前。她想要相信任何可以让她重新接触到亨利的事物;就像那些沉迷于通灵术的人一样。或许他是为她留下了这部小说,为了能够这样出其不意地归来?为了和她说,他还在那里;是了,这部小说便是为了在她耳边呢喃他的存在;为了让他们的过去能够继续存留。于是,她问道:“我能读一读他的书吗?”

11

在回莫尔加的路上,弗雷德里克安抚着有些失望的未婚妻。

尽管他们没有立即就出版事宜进行商讨，但这并不一定是件坏事。要稳步推进，给玛德琳空间，让她慢慢接受这个消息。一旦读了小说，她就不会再有丝毫怀疑。不能再让这么一本书继续湮没无闻了。她一定会感到十分骄傲，能够与写出这部小说的男人共度一生；她完全可以说自己便是灵感来源。毕竟做缪斯没有年龄限制。

12

读者总是能够以这样那样的方式在一本书中找到自己的影子。阅读完全是一场自我的狂欢。人们总是无意识地在书里寻找共鸣。作家们可以写出最荒诞不经或莫名其妙的故事，但总有读者会对他们说："真是不可思议，您写出了我的生活！"

对于玛德琳来说，有这种感觉是可以理解的。因为或许正是她的丈夫写就了这部小说。于是，她比任何人都更加专注地在书中搜寻着自己生活的回响。作者描写布列塔尼海岸的方式让她感到有些不解，对一个土生土长的本地人来说，这种写法未免过于粗略。一定是为了说明外部环境并不重要。重要的是内心世界，是对种种情感的细腻刻画。而小说中正是充满了这样的内容。她对于其中的色情,或者好听些说是情欲描写感到很惊讶。在玛德琳眼里,她的丈夫是个认真专注的人,但不免有些粗心;他总是十分和蔼,却算不上浪漫。但在小说里,人物之间的情感是那样微妙细腻。并且是那样忧伤。在放手之前,他们相互纠缠。在绝望的狂热之中,他们相互抚摸。为了描述一段爱情的最后几个小时,作者将其比作一支缓缓燃尽的蜡烛,那是弥留之际的一点光亮。烛焰顽固地抵抗着,人们以为它已死去,但并没有,它的存续是那样美丽,它仍燃烧了几个小时,继续庇护着希望。

如此扣人心弦的话语怎么可能诞生于她的丈夫之手?但说实话,读着这部小说,玛德琳仿佛再一次回到了两个人爱情的起点。此刻,一切都重新浮现在她眼前。她记得,十七岁的那个夏天,她要和父母一起去法国南部探望亲戚,在那里住上两个月。当时,他们已经坠入爱河,这次分离是那样的痛苦。于是,一整个下午,他们都纠缠在一起,想要将对方彻彻底底地牢记,许诺会一直想念彼此,一直想着他们的爱情。她已经完全忘记了这段经历。然而,它却奠定了他们的故事。这次不得已的长久分离加深了他们的爱情。在九月份重新见面时，他们相互承诺，再也不要分离。

玛德琳被深深地打动了。丈夫把这份害怕失去她的心情铭记了下来，并在之后用文字重新演绎。她不明白为何他什么都不给她看，但或许他有自己的理由。如今，一切都已确凿无疑。亨利写了一本书。玛德琳抛下最初的怀疑，全身心接受了这个新的现实。

13

一看完小说，玛德琳就给黛尔菲打了电话。不同于之前，这一次，她的声音里饱含深情。她想要说小说很美，但没能说出口。她选择邀请这对小情侣次日来做客。

夜里，她醒过来，随手重新翻阅着小说。借由这部书稿，在走后的两年，亨利又一次回来看她，就像是为了对她说："不要忘记我。"然而，她已经那样做了。自然不是完全忘记；她时常会想起他。但实际上，她已经非常习惯独居生活。人们称赞她的坚强和勇气，但其实并没有多么艰难。她对于生命的终结已做了充足的准备，并以几近平静的态度迎接它的到来。人们总是比原先以为的更能接受那些貌似不可承受之事。而如今，伴着这部小说，他又回到了她身边。

在年轻的情侣面前，玛德琳想要将她的感受表达出来：

“还是挺奇怪的，亨利会以这种方式回来。我能感觉到他。”

“不，您不能这么说，”黛尔菲回答道，“这是他的秘密。他显然对它没有信心。”

“您这么认为吗？”

“是的。也有可能，他什么都没跟您说是想给您一个惊喜。但没有人想要出版它，他便把它放在了某个角落里。之后，当古尔维克开始了他的退稿图书馆计划，他心里想，这太适合自己了。”

“也许吧。不管怎样，我不太懂，但我觉得这本书很美。诗人的故事也很有趣。”

“是的，这真的是一部绝妙至极的小说。”黛尔菲重复道。

“我想，他的灵感源自我们十七岁时那次两个月的分离。”玛德琳补充道。

“哦，是吗？”弗雷德里克问道。

“是的。不过，他做了很多修改。”

“这很正常，”黛尔菲说道，“这是一部小说。不过，如果您觉得在里面找到了自己，那现在就没有任何疑问了。”

“当然。”

“您看起来还是有些怀疑？”

“我不知道。我有些迷茫。”

“我懂。”黛尔菲说道，握住了玛德琳的手。

过了一会儿，老太太重新开口：

“我丈夫在阁楼里留下了许多纸箱。我自己是爬不上去了。不过，他去世的时候，约瑟芬去看过一眼。”

“您的女儿？”黛尔菲问道。

“是的。”

“她找到什么有意思的东西了吗？”

“没有。她告诉我，那里大部分都是账本和餐馆的资料。不过我们得再去一趟。她只是匆匆过了一遍。或许他在那里留下了解释，或者是另一部书稿。”

“是的，得去看一下。”弗雷德里克同意道，说完便悄悄溜去洗手间的方向。说实话，他想要留黛尔菲与玛德琳单独在一起，因为他感觉到，她现在要开始商讨出版事宜了。

弗雷德里克在屋子里逛荡了一会儿，检视了一圈卧室，他看到了一双男人的拖鞋，那自然是亨利的[①]。他盯着拖鞋看了一会儿，看着看着，脑海里便浮现出彼克的形象。他就像是赫尔曼·梅尔维尔[②]笔下的主人公巴特比。这位抄写员不停地声称自己什么也不愿做，一心想要摆脱一切行为。这个人物成为了放弃的象征。弗雷德里克一直很喜欢这个社会异见者的形象，并从中得到了《浴缸》的创作灵感。彼克也是这样。他的态度中有一种对世界的拒绝，就好像对阴影怀抱着充沛的热情，在每个人都寻找光明的时代，他逆流而行。

---

① 会有一个女人在他死后留着他的拖鞋吗？他心想。——原注

② Herman Melville(1819—1891)，美国作家。巴特比为其短篇小说《抄写员巴特比》主人公。

第四部分

1

在出版社的过道里，关于一本即将引起轰动的小说的消息不胫而走。黛尔菲明白，要尽可能少地提前谈论这件事，让谜团自己发酵，甚至掺些不实的传闻也无妨。人们问她这本书的内容，她只是回答：是一位去世的布列塔尼作者写的。有些句子就是有魔力，可以给一段对话画上终点。

2

弗雷德里克表现出嫉妒的样子："你现在的心思全放在彼克身上。我的《床》，你不感兴趣了吗？"黛尔菲有时用言语安慰他，有时则用自己的身体。她按他希望的样子穿着衣服，好让他按照她希望的那样将衣服脱去。他们之间的欲望无需技巧就足够强烈;肌肤之亲一直是他们最自在的交流方式。自从相遇以来,时间飞快流逝;分分秒秒都很紧绷,很少留给他们喘息的机会。于是,这样的放松和放纵是他们可贵的休憩。

而在另外的时候,则需要用语言去解决。弗雷德里克时常会表达对彼克的嫉妒。黛尔菲对未婚夫这种一阵儿一阵儿的小孩子脾气很是恼火。写作太多会让人变得幼稚。当他闹脾气争宠时,她很想一把将他摇醒。不过,事实上,她喜欢他的恐惧。她感觉到,自己对这个男人事关重大;在她眼里,他的脆弱并非是无可救药的深深裂痕,而不过是露在表面的浅浅伤疤。弗雷德里克的软弱不过是假象;他的力量掩藏于他的散漫和迷茫之下。写作时,他需要这两种相互矛盾的力量。他感到迷失,感到忧伤,但又拥有根植于心底的凡尘壮志。

还有一件事要提一下:弗雷德里克讨厌约会。没有什么比去咖啡厅跟人碰头聊天更让他感到厌烦的了。他觉得很荒唐,人类竟然要这样聚在一起,在一两个小时内把自己从头到脚都向彼此交待一遍。他喜欢和城市交谈,也就是说,行走。在写作了一整个早上以后，他会在街道上漫步，想要观察路上林林总总的一切，尤其是女人。有时，他路过一间书店，每一次心里都是同样的酸涩。这是个让任何出版过小说的人都感到沮丧的地方。他走进去，痛苦地找寻着自己的作品。当然，哪儿都找不到《浴缸》了；但也许，会有那么一家书店，忘了将书退回出版社，或者想要存一本在书架上？他只是想要寻找它存在过的证据，越是怀疑就越感到煎熬。他真的出版过一本书吗？他需要一点实实在在的痕迹，好让自己确认这一切。

一天，他偶遇了前女友阿佳特。他已经五年多没见过她了。时过境迁，再次见到她时，他回想起那个和现在完全不同的自己。阿佳特见证了那个未完成的弗雷德里克：某个草稿版的他。今日的她比以前更美了，似乎和他一起的时候，她从未完全绽放。他们分手时并没有大闹一场，而是协商一致达成的结果。这样的说法很是冷冰冰，仿佛将一对情侣比作一份合同，他们最后协商一致，确认爱情已逝。他们相处得还算融洽，但在分开以后再也没有见过。他们不再给彼此打电话，不再告知对方自己的近况。没什么别的可说的了。他们爱过，然后他们不再爱了。

自然会问到现状："你现在如何？"阿佳特问道。弗雷德里克想要回答"一事无成"，但最后还是说，自己在写第二部小说。她的眼睛一下子亮了起来："是吗？你出版过一本书了？"她看起来很高兴，因为他终于实现了梦想，却没有想到自己戳到了他的痛处。他曾爱过这个女人，与她一起度过了三年的时光，甚至清晰地记得她腋窝的味道，但如果连她都不知道他出版过《浴缸》，这场失败就变得彻底无法承受了。他假装很高兴能够不期而遇，然后什么都没问就离开了。她想，他一点儿也没变，还是那么以自我为中心。她怎么都想不到，自己刚刚给他带去了那般的痛苦。

这是一种新的自恋创伤：它关系到一个人最亲密的圈子。在某种程度上，他禁止阿佳特对小说出版的事一无所知。连他自己都没有想到，他对这件事会如此看重，于是，在震惊之下，他选择戛然终止谈话。然后，突然，他想要再追上她。幸好，她走得很慢；这一点没有变。阿佳特一直都这样走路，就好像在一字一句地阅读小说。赶上之后，他注视了她几秒钟，然后才凑近耳边喊她的名字。她转过身来，一副惊慌失措的模样：

"哦，是你啊！你吓到我了。"

“是的,对不起。我想,刚才太匆忙了。你一点儿都没跟我说你的事。你不想喝杯咖啡吗?”

3

玛德琳还是很难接受,丈夫竟然完全没有向她吐露自己对文学的热爱。她的过去变成了另一副模样,就好比是同一幅画或是一片景色,如今却要用完全相反的视角去重新看待。她感到难堪,又很难对此说谎。她完全可以说,其实她知道亨利写过一本书。谁能反驳她呢?但不,她做不到。她理应尊重他保持沉默的愿望。可是,他为什么要对她隐瞒这一切呢?一页页书稿隔开了他们之间的距离。她猜想,他不可能在三两个星期里就写出这么一本书。需要数月,甚至数年的工作。每一天,他的心里都放着这个故事。每个晚上,当他们依偎着入眠时,他大概依然想着他的小说。但是,每当和她说话时,他口中却永远只有顾客和供货商的事。

另外一个问题也困扰着她:亨利希望出版他的小说吗?毕竟,他将它放在了那座图书馆里,而不是直接丢弃。他应该还是希望有人能读到他的小说，但也不一定。她怎么能知道他到底想要什么，又不想要什么呢？现在，一切都是那样模糊不清。过了一会儿，她想，这将会是一个令他重生的方式。说到底，只有这件事才是重要的。人们会谈论他，他将重新回到世间。这是艺术家的特权，他们能用作品抵挡死亡。并且，如果这只是个开始呢？在他的一生里，是否还留下了其他有待发现的篇章？或许，他是那种将自己的一切都隐匿起来的人。

自他去世以来，她再也不愿意爬上阁楼。亨利在那里储存了许多纸箱，还有这么多年里堆积起来的东西。她甚至不清楚，那里到底有些什么。上一次，约瑟芬看得太过匆忙；需要更仔细地搜寻。或许会有另一部小说？但爬上去很困难。需要攀上一架梯子，这她可做不到。她想：这应该是刻意安排的；他确定我上不去，就可以在那儿放所有他想放的东西。她需要女儿的帮助。她终于可以借机告诉女儿父亲的这部小说。玛德琳之前一直都无法开口谈这个话题。自然，她们并不经常交流，但这么个大发现理应更早就告诉她。真相是这样：小说的事让玛德琳与丈夫之间建立起一种全新的关系，而她脑海中的二人世界里并没有女儿的存在。

但不能再瞒着她了。这本书很快就会出版。约瑟芬一定会像自己一样大吃一惊。玛德琳害怕那一刻,还因为另外一个理由:她的女儿让她感到疲惫。

4

约瑟芬五十岁出头,自离婚以来,她完全放弃了自己,一切听之任之。她甚至无法不喘气就流畅地说出连续的两句话。几年前,几乎是同时,她的两个女儿和丈夫都离开了家。前者是为了过自己的生活,而后者则是为了过没有她的生活。在她看来,自己奉献了一切,孜孜不倦地为每个人铺平道路,如今却落得孑然一人的结局。她备受打击,既伤心又气恼。这个以精力充沛、坦率直言著称的女人沉沦在阴郁之中不可自拔,不免让见者心痛。这本来只是一次暂时的精神危机,是可以被克服的考验,然而,痛苦扎根在她心里,悲伤而苦涩的情绪将她整个人笼罩起来。幸好,她热爱她的工作。她开了一家内衣店,在那里度过每一天,就像是将自己裹进一个茧里,逃避着严酷的现实。

约瑟芬的两个女儿一同在柏林开了家餐馆，她有时会去探望她们。她信步闲逛，看着这座既现代又饱经沧桑的城市，她承认，克服创伤的方法不是遗忘，而是接受。在满目疮痍的焦土之上，也可以生发出幸福。但说着容易，做起来难，而且人不像城市，没有那么多时间来慢慢重建。约瑟芬时常和女儿们通电话，但这并不足以安慰她：她想要见到她们。前夫也时不时给她打个电话，问问她的近况，但那更像是某种强制义务，类似分手以后的售后服务。他尽量不提自己幸福的新生活，尽管实际上，不在她身边，他快乐得不得了。自然，他并不喜欢自己造成的悲惨局面，但毕竟，上了年纪之后，及时行乐这件事变得尤为紧迫。

渐渐地，他们的交流越来越少，最后便不再联系了。如今，约瑟芬已经有好几个月没和马克说过话了。甚至连这个名字她也不愿说出口。她再也不想让他出现在自己的口中：在这一点上，她小小地战胜了自己的身体。但在她心里，他仍然挥散不去。还有雷恩这座城市，他们曾经在此共同生活，而如今，他和他的新伴侣生活在这里。离开的那一位本应起码懂得搬家的礼数。约瑟芬感到，这座城市也是她情感悲剧的共谋。地理环境永远站在获胜者的那一边。约瑟芬总是害怕会偶遇前夫，会意外见证到他的幸福，于是她再也不离开她的街区，这里是她的痛苦之都。

她失去的还有去世的父亲。他们说不上亲近，因为他总是吝啬于给予温柔。但他一直扮演着保护者的角色。童年时，她常常待在餐馆看他做披萨，一看就是几个小时。他甚至专门为她设计了一款上面有巧克力的披萨，取名叫约瑟芬。她很崇拜父亲，他能够那样勇敢地面对巨大的烤炉。亨利喜欢来自女儿的钦佩眼神。在孩子眼里当个英雄是件多么容易的事。约瑟芬常常回想起这段逝去的时光；她再也无法踏进任何一家披萨店。她很开心，自己的女儿能够接过祖父的衣钵，为德国人做布列塔尼的可丽饼。于是，这个家庭得以这样代代传承。但如今，还剩下什么？感情生活的痛苦使父亲的离去变得更加难以承受。或许，依偎在父亲的肩膀上，一切就能过去，就像从前那样。他的身体是一堵抵挡一切的围墙。他的身体有时会在她的梦里出现，那些梦是如此真实；但每次在夜里来看她时，他从不说话。他只是从她的梦境中飘过，就像曾在她的生命中那样，沉默的慰藉。

约瑟芬欣赏父亲的这项品质：他从来不花时间点评别人。他心里自然会有自己的想法，但他从来不白白浪费精力。可以说他内向，但在女儿眼里，他更像是一位与世界保持着距离的智者。如今，他已不在了。他在克罗宗墓园里慢慢腐朽。而她自己，也是如此。她还活着，但活着的理由已被埋葬。马克不要她了。自然，玛德琳也为这场离婚感到难过，但她不明白，女儿为何走不出来。她出身贫寒，又经历过战争，在她看来，矫情的哭哭啼啼是当代人才拥有的特权。与其成日唉声叹气，不如重新生活。这个说法让约瑟芬感到不寒而栗。她搞砸了什么，才被要求得重新来过？

最近，她开始经常出入街区教堂；她在宗教中找到了些许安慰。说实话，吸引她的并不是信仰，而是装饰。这个地方超越了时间，它不会被生活中的风风雨雨所摧残。比起上帝，她更相信教堂这处上帝之所。她的两个女儿对这样的转变很担心，这和母亲过去身上鲜明的务实气质毫不匹配。尽管身处异地，她们仍催促她多出门，维持正常的社交生活，但她心如死灰。为什么亲友们总是不惜一切地希望她能够痊愈？一个人有权利不从情伤中走出来。

为了让朋友们高兴，她还是去了几次他们撮合的约会。可每一次都是险象环生。有个男人在陪她乘车回家时,把手放在她的大腿间,笨拙地寻找着她的阴蒂,在这之前甚至都不曾拥抱她一下。粗暴的侵犯让她备受惊吓,她猛地将他一把推开。可他毫不泄气,开始在她耳边低语,讲一些恶心,或者好听些说是赤裸裸的话,想要挑逗她。约瑟芬狂笑着离开了。这不是预想的局面,但多么幸运:她太久没有这样笑过了。她下了车仍旧笑个不停。那个男人一定是想要加快节奏,他很后悔第一晚就提议要给她戴上手铐,但他读到过,女人喜欢那样。

5

在路上,约瑟芬又想到了母亲的话:“你得来见我,有急事。”电话里她不愿多讲什么。她只是说,并没发生什么严重的事情。这是非常少见,甚至闻所未闻的情况。玛德琳从来不向女儿提任何要求;说实话,她们俩很少交谈。这是避免性格不同的两个人发生冲突的最好方法。沉默是战胜分歧的最佳解药。玛德琳对女儿的抱怨感到疲惫,但约瑟芬只是希望得到一点温柔的表示,希望母亲能给她一个拥抱。不过,面上的冷淡不一定代表着拒绝和抛弃。这不过是两代人之间的问题。她们之间的爱从未减少,她们只是将爱展示得少了一些。

当约瑟芬回到克罗宗时,她会住在儿时的房间。每一次,过去的回忆都会浮现在脑海里;她又一次变回那个淘气的小女孩,那个成天抱怨的少女,或是那个爱挑衅的年轻女人。每一个约瑟芬都在这里,就好像是一部作品在倒叙。在这里,什么都没有改变。甚至母亲在她眼里都一直都是同个模样,不因年纪的增长而改变。今天也是如此。

约瑟芬拥抱了母亲,立即问她有什么急事。母亲则想慢慢来,她准备好茶水,然后从容地坐下。

“我得知了你父亲的一件事。”

“什么?不要告诉我他还有另外一个孩子。”

“不是,完全不是。”

“那是什么?”

“有人发现他写了一部小说。”

“爸爸?一部小说?这简直是莫名其妙。”

“但这是事实。我读过了。”

“他从来没写过任何东西。甚至连生日卡片都总是你写的。一张明信片都没写过,什么都没写过。然后你想让我相信他写了一部小说?”

“我告诉你,这是事实。”

“哦对了,我知道这种方法。你觉得我重度抑郁,所以就随便说些什么,想让我有点反应。我看过一篇相关文章,这叫作‘神话疗法’,是吧?”

“……”

“我不知道为什么我消极度日会让你感到不痛快。这是我的生活,就是这样子。你呢,你随时都是开心的。人们都喜欢你,因为你性格特别好。好吧,对不起,我没能像你一样。我软弱,我焦虑,我阴暗。”

玛德琳没有直接回答,而是起身去取了手稿,交给女儿。

“好了……你发作完了吧? 书在这里。”

“这是什么? 菜谱吗?”

“不。这是一部小说。一个爱情故事。”

“一个爱情故事?”

“而且这本书马上就要出版了。”

“什么?”

“是的,我之后会告诉你所有细节。”

“……”

“我希望你去一趟阁楼。你去过那里,但只是很快地扫了一遍。或许好好看看,我们能找到别的东西。”

约瑟芬没有回答,她盯着书稿的第一页,看入了神。印在上方的是父亲的名字:亨利·彼克。封页中间是小说的题目:

《爱情故事的最后时分》

6

约瑟芬愣了好一会儿,既狐疑不定,又错愕不已。玛德琳明白,阁楼搜寻行动需要等一等了。尤其是因为,女儿刚开始阅读书稿的前几页。她很少读书,甚至可以说是从来不读。比起来,她更愿意看些女性杂志或是大众化的报纸。她读的上一本书，还是瓦莱丽·特里耶韦莱[1]的《感谢这一刻》。自然，这本书的主题让她感同身受。在这个备受嘲讽的女人的斗争中，她完完全全看到了自己的影子。要是可以的话，她也会写一本关于马克的书。但不会有任何人对这个混蛋感兴趣。当然了，她觉得弗朗索瓦·奥朗德的前任伴侣有些太过了；但这个女人已经不再在乎别人的看法。在复仇的表象之下，对痛苦的表达已比维护形象更重要。她是一名爱情敢死队队员，想要把一切同自己的过去一起烧毁。只有痛苦可以让人走到这步田地，约瑟芬懂她。因为总是滔滔不绝地诉苦，她有时也会与别的女人关系紧张，或是让周围的人感觉到厌倦。喷涌而出的情感混杂在一起，让现实变得模糊不清。她憎恶的那个男人变成了一团不成形的黑影，一头恐吓着受伤女人的怪兽；一个从此只存在于叙述或想象中的男人。

约瑟芬继续阅读，过程并无障碍。她没有在其中读到父亲的语气，但她之前想象得到他能够写出一本书吗？也不能。不过，她

---

① Valérie Trierweiler(1965—　)，法国记者，曾为法国前总统弗朗索瓦·奥朗德女友。《感谢这一刻》为其自传，讲述她与奥朗德的感情经历。

从中感觉到某种从前无法明确定义的东西。她一直都觉得，自己无法得知父亲的所思所想。他看起来是那样深不可测，并且在退休后的几年里愈发深沉。他总是花上好几个小时凝视大海，就好像整个人都静止了。傍晚时，他会与披萨店过去的熟客一起喝上几杯啤酒，但从来不会现出醉态。约瑟芬注意到，每次在街上遇见熟人时，他总是只聊些琐碎小事，随便说上几句含混的只言片语，而且她相信，在咖啡店度过的傍晚时分也只是为了打发时间。如今她在想，他所有的沉默和避世或许是为了掩藏那诗意的天性。

约瑟芬说，小说的情节让她联想到克林特·伊斯特伍德[1]的电影《廊桥遗梦》。

“谁？廊桥什么？”母亲问道。

“没事……”

“上阁楼吗？”

“好。”

“那么，站起来吧。”

---

① Clint Eastwood(1930—　)，美国演员、导演。

“我还没有从故事中回过神来。”

“我也没有。”

“我们永远无法了解任何人，特别是男人。”约瑟芬说，她总是三两句就离不开自己的生活。

终于，她找来上阁楼需要的小梯子。她掀开活板门，蜷缩着钻进了那个满是尘土的隐蔽角落。她的目光立即被一个小小的木马吸引，那是她童年时骑过的玩具。接着，她看见了一张书桌。她已然忘记，父母将所有过去的物件都完好保存了下来。他们的习惯就是不丢弃任何东西。她还找到了自己所有的玩偶，奇怪的是，玩偶没有穿衣服；全都只穿着小内裤。太疯狂了，我那时就痴迷于内衣了，约瑟芬心想。在稍远处，她看见了一堆父亲的围裙。那几块布是他全部职业生涯的缩影。最后，她看到了母亲提到的纸箱。她打开其中一个，无需几秒钟，就有了一个重要发现。

第五部分

1

黛尔菲向格拉塞出版社的发行员解释了这次的出版方案。这些发行员会走遍法国南北,跟书商们宣布,一部非常特别的书将要出版发行。对于年轻的女编辑来说,小说在公众面前的首次亮相是一场重要测验。大家都还没有读到内容;对于出版的渊源,他们会做出什么反应?她恳请出版社老板奥利维·诺拉花比往常更多的时间听她讲事情的来龙去脉。这部小说背后的小说一下子就有了非同一般的重要性。他自然接受了她的方案,并且很罕见地同样为此感到激动不已。他惊讶极了,重复了好几次:“你去父母家度假,然后发现了一座退稿图书馆?简直不可思议……”他一贯举止优雅,甚至带着些英国式的矜持,此刻却不停地搓着手,像个刚刚赢了弹珠游戏的孩子般欣喜若狂。

黛尔菲非常开心能够向大家介绍彼克的小说，喜悦的心情让她更加光彩夺目。她踩着高跟鞋，在会议室里占据着绝对话语权，但没有一丝跋扈。她说话的语气既笃定又温和。看起来，她十分确信，在这位去世的披萨师傅的面具之下，她发现了一位难得一见的出色作家。所有人都十分兴奋，决心操办好这次首发活动。很快，有人提出，要举办一场隆重的发布会，这对于一部处女作来说极其罕见。“整个出版社都对它充满信心。”奥利维·诺拉宣布。一位发行员说，他记得这家布列塔尼的图书馆。在很久以前，他读到过一篇相关文章。都兰地区的负责人萨比娜·里歇尔则是美国文学爱好者，她讲到了理查德·布劳提根的小说，那是一切的开始。她十分喜爱这本书。这是一部通往墨西哥的英雄史诗；是一本特别的公路小说，作者借机用讽刺的眼光刻画了六十年代的加利福尼亚。格拉塞的编辑兼作家让-保罗·恩多芬大力赞扬了萨比娜的渊博学识。她不禁有些脸红。

黛尔菲从来没有参加过这样的发行例会。通常，研究资料的时间总是那么枯燥难熬，每个人都反复推敲着新书的细节。而这次则有些不同。大家向她抛出连珠炮似的各式问题。一个穿着件过紧西装的男人问道：

“那宣传活动呢，您准备怎么进行？”

“他的妻子还在。是位八十岁的布列塔尼老太太，非常幽默。她对于丈夫的秘密生活一无所知，我可以告诉您，她讲起这事时总是心慌意乱。”

“他写过其他书吗？”男人又问道。

“应该没有。他的妻子和女儿翻遍了他所有的纸箱。没有别的手稿。”

“不过，”奥利维·诺拉接话道，“她们有了一个重要发现，不是吗，黛尔菲？”

“是的。她们发现了一本普希金的作品：《叶甫盖尼·奥涅金》。”

“重要之处在于？”另外一位发行员问道。

“在于普希金就是他小说的核心。而且，在他妻子发现的书中，彼克着重标出了一些句子。我需要拿到那本书。他也许留下了一些提示，或者，在标注这些段落时，他是想要表达些什么。”

“我有预感，这一连串的惊喜和意外并没有结束。”奥利维·诺拉总结道，就像是为了再度点燃大家已然浓厚的兴趣。

"《叶甫盖尼·奥涅金》是一部出色的诗体小说,"让-保罗·恩多芬接着说,"几年前,有位俄罗斯女士送了我这本书。那是个十分精致而且学识出众的女人。她想要向我解释普希金语言的优美之处。没有任何一部译文可以将此传达出来。"

"他会说俄语吗,您的那位彼克?"另一位发行员提问。

"据我所知不会,但他很爱俄罗斯。他甚至创造了一款斯大林披萨。"黛尔菲补充道。

"所以您希望我们拿这个理由去应对书商?"男人咯咯地笑出声,引得全场哄堂大笑。

就这样,会议围绕着这部独一无二的小说进行了很长一段时间。大家几乎没有留时间讨论同期将要出版的另外的作品。一本书的命运常常就是这样被决定的;不是所有作品都能一样幸运。编辑的热情起着决定性的作用,他会偏心某几个孩子。彼克的书会是格拉塞出版社这个春天的主打小说,并且被看好能够一直热销至夏天。奥利维·诺拉并不想等到九月份的文学回归季①,也

① 法国出版界集中发行新书的黄金时段,时间大致为每年 8 月末到 11 月初。

不想参与秋季各项文学大奖的角逐。那个时段的竞争过于激烈；很可能没有人会在意美丽的故事本身，而只是将其视作罗曼·加里[①]事件的翻版。所有人都会寻思，彼克到底是谁，但实际上，他的背后并无他人。这只是一个难以置信的故事，有人如此这般发现了一部小说。而有时，需要相信那些难以置信的故事。

2

在讨论的短暂间隙，艾尔维·玛鲁图提出了在他看来至关重要的一点。数年来，他每个星期都有三天时间在法国东部跑，和众多书商保持着友好的关系。他了解每一位书商的偏好，以便能够推荐更加符合其口味的书目。发行员是一本书命运旅途中至关重要的一环，他将其带入现实，而且常常是痛苦的现实。这些年来，随着书店纷纷关门，他的行程一年比一年短；这是属于他的那张不

① Romain Gary(1914—1980)，法国小说家，曾以“埃米尔·阿雅尔”为笔名发表小说并获得 1974 年龚古尔文学奖，引发文坛争论。

断缩小的驴皮[1]。在不远的将来,还会剩下些什么呢?

玛鲁图对这些捍卫书本的忠实斗士赞叹不已。他们共同组成了一道围墙,抵挡着迎面而来的世界,这个世界并没有更好,也没有更坏,只是再也不把书籍当作文化的核心。艾尔维常常遇见他的竞争对手们,而且与阿歇特出版社的同行贝尔纳·让尤为熟悉。他们会聚在同一家宾馆里,分享宜必思酒店为发行员专门提供的一价全包菜单。在上甜点[2]时,艾尔维提到了彼克。贝尔纳·让回应道:"出版一位被退稿的作家的作品,这不是有些奇怪吗?"说话时,他们一个正在品尝诺曼底水果挞,另一个则在吃巧克力慕斯。艾尔维·玛鲁图在格拉塞开会时就预料到了这个反应。他总是能做到先想一步。

那时,他向黛尔菲提问:

"出版的时候向大家解释,这部书稿是从退稿书架上发现的,不会有些冒险吗?"

---

① 典出巴尔扎克《驴皮记》。小说中,主人公获得了一张驴皮。这张驴皮能够实现他的任何愿望,但驴皮会不断缩小,而其寿命也会随之缩短。

② 在菜单上,这道菜被浮夸地命名为:"甜点之舞"。——原注

"当然不会了,"女编辑回答道,"有许许多多遭遇过退稿的伟大作品。我会列一份清单,那将是我们的回答。"

"这倒不假。"有人叹道。

"而且,没有任何证据表明彼克把他的书稿寄出去过。说真的,我甚至敢说,他一定是直接把书稿放在了那边。"

最后这句话改变了局面。或许,这并不是一本被退稿的书,而是一本从来没有想要被出版的书。几乎无法对这一点进行求证:出版社不会在档案里保存所有被退还给作者的书稿名单。黛尔菲做好了充足的准备,坚定有力地回答所有问题。她不想留下一丝疑虑的空间。她说,作者不求出版,不求大众的认可,他的无欲无求中有一种美。"这是一个属于阴影的天才,必须这样讲。"她补充道。当每个人都不计代价地追求认可时,这里却有个男人,花费数月的时间精心雕琢了一部献给尘埃的作品。

3

在这次会议之后,黛尔菲决定找一些论据,证明被退稿这件事并不能说明任何问题。马塞尔·普鲁斯特的《在斯万家那边》无疑是最著名的退稿之一。人们长篇大论地分析这场失败，各种演绎加在一起的篇幅比原作本身都要长了。在一九一二年，马塞尔·普鲁斯特以热衷社交闻名。他是否正是因此而没有得到人们的严肃看待？隐士总是更受尊重，沉默隐忍的品质总是更被赞美。但是，才华和轻浮是否必然不能共存？只需读读《追忆似水年华》第一卷里的随便一个段落，就能意识到它的文学价值。当时伽里玛出版社的审稿委员会由一群著名作家组成，例如安德烈·纪德。有人说，他只是匆匆翻了一下这本书，并没有认真阅读，出于先入为主的成见，映入他眼帘的尽是些在他看来十分蹩脚[①]的表达方式，以及一些过于冗长的句子，例如描写失眠的那些段落。被退稿和轻视的普鲁斯特只得自费出版小说。安德烈·纪德在之后承认，拒绝出版这本书是“新法兰西评论出版社[②]最大的错误”。伽里玛出版社很快就做出弥补，最终出版了普鲁斯特的作品。在一九一九年，小说第二卷《在少女们身旁》获得了龚古尔文学奖，之后

---

① 例如提到一个“额头上像是长了脊骨”的人物（顺道说一句，这是个绝妙的比喻）。——原注

② NRF，由杂志《新法兰西评论》创立的出版社，为伽里玛出版社的前身。

的一个世纪里，这位起初被退稿的作家被看作有史以来最伟大的作家之一。

我们还可以列举另外一个标志性的例子：约翰·肯尼迪·图尔[1]的《笨蛋联盟》。在遭受了一连串的退稿之后，作者身心俱疲，在一九六九年自杀身亡，年仅三十一岁。在小说的题跋处，作者以其远见卓识的反讽引用了乔纳森·斯威夫特[2]的这句话："当一个真正的天才出现在尘世中时，笨蛋们都会联合起来攻击他，由此你可以将他辨认出来。"这本书是那样充满力量，它幽默犀利又独具一格，怎么可能得不到编辑的赏识呢？在他去世后，为了实现儿子出版作品的梦想，作家的母亲努力奔走了好多年。她的顽强精神得到了回报，在一九八〇年，这本书终于为众人所知，在全世界范围内获得了巨大的成功。小说成为美国文学的经典作品之一，而作家因无人问津而绝望自杀的故事自然也成就了其盛名。杰作的背后往往还有一段传奇。

于是，黛尔菲记下这些故事，以备有人对彼克被退稿的事纠缠

① John Kennedy Toole(1937—1969)，美国作家。
② Jonathan Swift(1667—1745)，英国作家。

不放。同时,她也借机加深了对理查德·布劳提根的了解。之前,她就常常见到有作家引用他,例如菲利普·贾纳达[①],但还没有机会读他的书。时常,我们对一位作家的印象仅仅来自一个书名。在看到《巴比伦私家侦探》这个书名时,黛尔菲将布劳提根想象成一位嬉皮士版的侦探马洛[②]。某种鲍嘉[③]和凯鲁亚克的混合体。但是在阅读布劳提根的作品时,她感受到了他的敏感、幽默和讽刺,还有他细腻的忧伤。她觉得他更加像另外一位她新近读到的美国作家史蒂夫·特西奇[④],以及他的小说《卡鲁高原》。另外,她完全不知道布劳提根对于日本的迷恋从何而来。这个国家在他的作品和真实人生中都占据着如此重要的地位。在他一九七六年五月二十八日的日记里,黛尔菲标出了这句话:

日本女人都是那样的迷人,相比起来,其他女人简直应该

① 一位她十分欣赏的作家,她喜爱他的文风,也喜爱他如一头顽皮的熊一般的外表,不过自从他离开格拉塞,回到出版其处女作的朱利亚尔出版社以后,她就没怎么见过他了。——原注

② 即菲利普·马洛(Philip Marlowe),为作家雷蒙德·钱德勒(Raymond Chandler)创造的虚构人物,出现在其多部小说之中。

③ Humphrey Bogart(1899—1957),美国演员,曾主演《马耳他之鹰》、《卡萨布兰卡》等电影。

④ Steve Tesich(1942—1996),美国作家、编剧。

在出生时就被溺死。

回到退稿的话题，布劳提根自己也曾苦苦挣扎过，饱尝被拒绝的滋味。他是整整一代人心目中的标杆性作家，是嬉皮士们簇拥的偶像，但在那之前，他凄凄惨惨地度过了许多个年头。付不起公交车费，他就连走三个钟头去赴约；每天没吃没喝，连朋友给的一个三明治都无法拒绝。在这些艰难的岁月里，他不断遭受着编辑们的退稿。没有人相信他。后来大获成功的稿件在当时却被冷眼相待。退稿图书馆的故事显然源自这段被嫌弃的时光。他很明白，当一个不被理解①的艺术家是什么感觉。

4

随着出版日期的接近，尽管书商和评论界的反响都很热烈，黛尔菲却越来越紧张。这是她第一次感受到这样的焦虑。她总是全

---

①就好像被认可在于被理解似的。其实，没有人能被理解，作家们自然更甚。他们游走在情感摇摆不定的王国里，大部分时间，他们自己都不理解自己。——原注

身心地投入到每一个项目里，但彼克的书给了她前所未有的兴奋焦躁；她感觉好像站在岸边，即将迎来一场大事件，触手可及又如履薄冰。

每个晚上，她都给玛德琳打电话，询问她的近况。她喜欢和作家们联络，而现在，她感到更有必要和作家的遗孀保持联系。她或许已经预感到将要发生的事情？需要让这个已入暮年的女人重新看到光明。黛尔菲害怕打乱玛德琳的生活；她之前并没有预料到事情会这样发展。她有时会觉得有些难受，因为说服了玛德琳出版丈夫的小说。这并不是一名编辑原有的角色；这件事就像是强行改变了别人的命运，甚至或许并没有尊重作者本人的意愿。

弗雷德里克则仍在小说写作的苦海里挣扎。在创作困难的阶段，他甚至丧失了正常运用语言的能力。他不知该如何安慰黛尔菲。灵感之火处处熄灭，两个人的关系也变得冷淡起来。在克罗宗刚开始时，这场奇遇还欢乐无穷，但如今只教人不堪其重。他们做爱的次数在减少，争吵的次数却增加了。弗雷德里克感觉很糟，他成日在公寓里徒劳地徘徊，等待着他的女人回来，就像那是世上有其他人类存在的唯一证据。最近，他像个孩子，为了吸引她的注

意整天做些蠢事。于是,他生硬地宣布道:

“我想告诉你,我和前女友重逢了。”

“是吗?”

“是的,我在路上偶然遇见了她。我们一起喝了杯咖啡。”

“……”

黛尔菲不知道该回答些什么。她并没有感到嫉妒,而是对弗雷德里克讲述这件事时的报复语气感到吃惊。他生硬的表达让事情显得格外郑重。发生了什么?事实上:什么都没有发生。他回去找她并提议喝杯咖啡,她回答说她去不了。他将此视为双重羞辱。这很可笑:她对他说的尽是些客客气气的好话;但弗雷德里克扭曲了现实,将两件再平凡不过的事都解读为对自己的鄙夷。也许阿佳特已经有约了,况且前男友的小说反响不够热烈,消息没有传到她耳朵里,这也不是她的错。弗雷德里克拒绝这样看待事情;或许这便是某种偏执症的初期症状。

“然后呢,挺不错的吧?”黛尔菲问道。

“是的。我们聊了两个小时,我都没有意识到时间过得那么快!”

“为什么你要这样子跟我讲这件事?”

“我只是告诉你一下而已。”

“好吧,但我现在很焦虑。你也知道我在操心些什么。所以你可以更乖一些。”

“好吧,我什么也没做。我和前女友重逢了,我又没和她睡觉。”

“好,我上床去了。”

“这么早?”

“是的,我累坏了。”

“你看,我早就感觉到了。”

“感觉到什么?”

“你不爱我了,黛尔菲。你不爱我了。”

“为什么这么说?”

“你连架都不愿意跟我吵一下。”

“哦? 爱你就是要和你吵架?”

“是的。这一切都是我编的,就想看看你是什么反应……”

“什么? 编的?”

“是的。我碰到她了。但我没有和她一起喝咖啡。”

“我不懂你。我都不知道真相到底是什么了。”

“我只是想吵一架。”

“吵一架？你想我打碎个花瓶，就为了哄你开心？”

“为什么不呢？”

黛尔菲靠近弗雷德里克：“你疯了。”她一天比一天更意识到这一点。她知道和一位作家一起生活并不容易；但她爱他，她是那样爱他，从第一秒起就爱他。于是，她对他说：

“你真的想吵一架吗，亲爱的？”

“是的。”

“今晚不行，因为我累垮了。但很快，亲爱的。很快……”

两个人都知道，她总是信守承诺。

5

年轻的女编辑一直希望小说获得成功，她是那样期盼，以至于夜不能寐，但她想象得到这般盛况吗？不，不可能。尽管做过许多白日梦，她仍想不到接下来将会发生的不可思议的事情。

一切开始于媒体的骚动。他们得知了这个故事，认为它非比寻常。这是个夸张用语，但我们这个时代就是喜欢大惊小怪。只需几天，彼克的书就成为了文学圈的热点话题。他的小说，自然还有出版背后的全部渊源。在报纸上，人们津津乐道地谈论着这个故事，将其当作一个精彩的话题。黛尔菲认识的一位记者提出了一个奇特的类比：

“他就像是维勒贝克。”

“哦是吗？为什么这么说？”她问道。

“《臣服》是他最大的成功。比得龚古尔奖还要成功。但这是他写得最差的一本书。完全读不下去。坦白讲，对于任何喜欢维勒贝克的人来说，这本书都远低于他的正常水准。尽管小说有着非同一般的传奇色彩，但里面其实没有什么情节可言。有几页不错，关于性或是孤独的描写，但也不过是在重复他写过的东西，而且还没之前的好。”

“你太严格了，我觉得。”

“但所有人都想读一读这本书，因为主题本身太精彩了。短短两天的时间，整个法国就只谈论这件事了。有人甚至在采访总统的时候提问：'您会读维勒贝克那本书吗？'从宣传的角度来看，很难做得更好了。这是一部依靠争议走红的书，很了不起。"

"他每出一本书时都是这样。大家总是对他小说里的东西评头论足。但不重要，他是个伟大的作家。"

"这不是问题的关键。凭借《臣服》，他超越了小说固有的领域。他比所有人都更先进入了一个全新的时代。文本本身不再重要。重要的是从中找到一个鲜明的主题。一个会引发讨论的话题。"

"这跟彼克有什么关系？"

"彼克的书没那么劲爆，没那么精彩，也不是由什么公关天才做幕后推手，但所有人都在谈论你的书，而文本本身完全不重要。就算出版的是宜家的产品目录，你也会大获成功的。另外，这本书没那么好。有些冗长，也有些俗套。唯一真正有趣的部分是普希金的垂死片段。说到底，这是一本关于一个诗人的荒谬死亡的书。"

黛尔菲并不同意这位记者的观点。自然，彼克的小说在市场上一炮而红与它的背后故事分不开，但她并不认为这就解释了一切。她收到了许多读者的反馈，他们都被这本书打动。她自己也认为小说绝妙至极。但在有一点上,他并没有说错:人们对神秘的彼克比对他的小说更感兴趣。众多记者给她打电话,想要对这位披萨师傅了解更多。有些人着手开始采访调查,想要还原他的一生。他是谁?他在什么时候写了这本书?为什么他不想要被出版?需要回答所有这些问题。用不了多久,人们一定能解开《爱情故事的最后时分》作者身上的重重谜团。

6

成功接踵而来。当小说销量超过十万册以后,众多报纸谈论起这本书时纷纷冠以“现象级”之名。所有人都想争得第一个采访“那位遗孀”的机会。在此之前,黛尔菲觉得最好让她保持神秘,给人留下遐想联翩的空间,不要透露太多的信息。如今,既然所有人都知道了这本书,与亨利·彼克人生伴侣的对话就可以排上日程了。

黛尔菲选择了电视节目《大书店》。主持人弗朗索瓦·布斯奈尔获得了这次独家专访的机会,条件如下:采访必须要在克罗宗面对面进行。玛德琳一点儿都不想去巴黎。这位记者习惯了到外地采访,但一般都是为了见保罗·奥斯特或是菲利普·罗斯这样的人物跑一趟美国。他很开心能够抢得这次独家新闻;终于,大家有希望能够多知道一点儿什么。毕竟,作家的背后,时常都有一个女人。

去布列塔尼的前夜,编辑小姐睡得很不好。半夜,她似乎被内心一阵激烈的波动吵醒。她忽然惊醒,问弗雷德里克刚才发生了什么。他回答道:“没有,亲爱的。什么都没有发生。”她无法重新入眠,便坐在客厅的沙发上,等待白天的到来。

7

几个小时之后,带着电视台摄制组,她按响了玛德琳的门铃。老太太没有想到,会有这么多人为了她远道而来:甚至还包括一位化妆师。她觉得很荒谬:“我又不是凯瑟琳·德纳芙[1]。”她说。

---

[1] Catherine Deneuve(1943—　),法国女演员。

黛尔菲向她解释,所有人上电视都化妆,但无济于事。她想要自然一些,或许这样更好。每个人都明白了,这位布列塔尼老太太在任何事情上都不愿意任人摆布。弗朗索瓦·布斯奈尔想要说些甜言蜜语来哄她开心,便称赞起客厅的装饰,但绞尽脑汁也说不出几句。终于,他领悟到最明智的做法是谈论布列塔尼这个美丽的地区。他引用了几位布列塔尼作家的话,而玛德琳并不熟悉他们。

拍摄开始了。在介绍环节,布斯奈尔重新讲述了小说的源起。他热情洋溢,但并没有太过头。文学节目的主持人需要找到一个平衡点,因为他既要充满感召力,又要保持低调,以求符合受众喜爱的煞有介事的严肃风格。接下来,他开始了与玛德琳的交谈:

“您好,夫人。”

“叫我玛德琳吧。”

“您好,玛德琳。”

“我可以问您,我们在哪里吗?”

“但您很清楚这一点。这个问题很奇怪。”

“这是讲给观众听的。我希望您能给大家介绍一下这个地方,因为通常来说,节目都是在巴黎录制的。”

"啊是的,什么都在巴黎发生。这就是巴黎人脑子里想的。"

"所以……我们在……"

"在我家。在布列塔尼的克罗宗。"

玛德琳说出这句话,声音比之前更加响亮一些,似乎骄傲之情都要从提高的声调里溢出来了。

黛尔菲坐在摄像机后,惊讶地观看着这场访谈的开场。玛德琳表现得出人意料地自在,或许她并没有完全意识到,有成千上万的人将会在电视上看到自己。如何想象得到呢?眼前与你交谈的明明只有一个男人,而他背后却有那么多的人。布斯奈尔不再等待,直接切入话题:

"有人说,您对您丈夫写作小说的事情完全不知情?"

"是这样。"

"您对此感到惊讶吗?"

"一开始是的,非常惊讶。那时候我没法相信。但是,亨利很特别。"

"特别的意思是?"

"他不怎么讲话。或许,这是为了把所有话都留到书里。"

“他开一家披萨店,是吗?”

“是的。其实,是我俩一起开的。”

“是的,对不起,是你们俩的披萨店。所以你们每天都在一起吗?那他什么时候能够写作呢?”

“应该是早上。亨利喜欢早早出发。他会为午餐时段准备好一切,但或许还是能有一点空闲时间。”

“书稿上没有任何日期。我们只知道这本书归入图书馆的年份。也许他写了很长一段时间?”

“也许吧。我没办法知道这一点。”

“那这本书呢,您怎么看?”

“这是个非常美丽的故事。”

“您知道他喜欢的作家吗?”

“我从来没见过他读任何一本书。”

“真的吗?从来没有?”

“就算我要开始说谎,也不会挑在这个年纪。”

“那普希金呢?你们在家里找到了一本这位诗人的作品,是这样吗?”

"是的,在阁楼里。"

"需要重复一下,您丈夫的小说讲述了一段爱情故事的最后几个小时,一对情侣决定分手,同时平行叙述了普希金的临终。那是一场扣人心弦的临终,诗人在这过程中饱受折磨。"

"他的确不停地呻吟。"

"那是一八三七年一月二十七日,我斗胆说,没有一招毙命,是他运气不好:'生命不想从他身上流逝,而是想要驻留在一具躯体里,慢慢地折磨它',我引用了您丈夫写的话。他提到了渐渐凝固的血。这是一个不断重现的意象,和诗人的血一样,那段死去的爱情也在慢慢凝结。太美了。"

"谢谢。"

"所以,您找到了一本普希金的书?"

"是的,我和您说过了。在阁楼上。一个纸板箱里。"

"您之前在家里见过这本书吗?"

"没有。亨利不读书。连报纸,他都只是匆匆扫一眼。他觉得里面总是些糟糕的新闻。"

"那他在空闲时间都做些什么?"

“我们没有太多空闲时间。我们也不出去度假。他很喜欢自行车,喜欢看环法自行车赛。尤其是来自布列塔尼的自行车手。有一次,他甚至见到了博纳·伊诺[①]本人,那对他来说意义重大。我从来没见过他那样。通常,需要起很早才能让他印象深刻。”

“我猜是的……不过,如果您愿意的话,我们再谈谈《叶甫盖尼·奥涅金》吧,就是在您家找到的那本普希金的书。您丈夫划出了一个段落。请允许我读一读。”

“好的。”玛德琳回答道。

弗朗索瓦·布斯奈尔打开书本,朗读起了这几句话[②]:

那生活着的人,那思想着的人
在内心蔑视着芸芸众生。
那曾体会过真切的心跳的人
想念着逝去的岁月。
欢愉已不再可能。

---

① Bernard Hinault(1954—),法国著名自行车手,五次获得环法自行车赛总排名第一。

② 他读得缓慢而有力,让人不禁觉得他在年轻时演过戏剧。——原注

回 忆 与 悔 恨

留 下 一 道 道 伤 痕。

这 一 切 最 后 只 是

谈 话 里 的 几 分 亮 光。

“这让您想到些什么吗?”暂停片刻后,主持人说道,他留白的时间有些长,这对于电视节目来说非常罕见。

“没有。”玛德琳立即回答。

“这个段落讲述了对他人的鄙夷。您的丈夫一辈子都过得十分低调。他没有寻求出版他的小说。这是不是因为他不愿与他人为伍?”

“他的确非常低调。在不工作的时候,他喜欢待在家里。但不要说他不喜欢别人。他从来没有鄙夷过任何人。”

“那悔恨之情呢？他这一辈子有过什么遗憾吗?”

“……”

玛德琳通常都能非常及时敏捷地作答,此时却显得迟疑不定,久久不发一言。沉默在延长,布斯奈尔只得接上话头:

"您想到了某件关于他的事,或者您不愿意回答?"

"这个问题太私人了。您提了一堆问题。这是个电视节目还是场拷问?"

"电视节目,我向您保证。我们只是想多了解您一些,也多了解您丈夫一些。我们想要知道,这位作家到底是怎么样的一个人。"

"我想,他并不希望别人知道。"

"您觉得这本书取材于个人经历吗?故事有自传色彩吗?"

"灵感一定来自我们十七岁时的那场分离。但故事还是非常不同的。他或许是在餐馆听到这个故事的。有些顾客会在下午喝一杯,讲讲自己的人生。我自己有时也会向理发师吐露心声。所以我能够理解。顺便,我要和我的理发师问声好,他看到会开心的。"

"当然了。"

"不过我不知道他会不会收看您的节目。他喜欢看美食节目。"

"没问题,我们还是跟他打个招呼。"布斯奈尔说道,露出一个小小的会心微笑,希望能够带着观众一同感受这轻松一刻;和在观众面前录制的节目不同，他很难知道自己是否成功地建立了默契，他使的小眼色是否会落空。但他不希望这是一场平淡肤浅的访谈，任由老太太东拉西扯一通。他想要紧紧地围绕着主题，仍期盼能够在彼克身上挖掘出一点之前不知道的或者是惊人的信息。看完这部小说以后，没有人会对它不可思议的渊源不感到好奇。在我们这个时代，大家千方百计地搜寻每件事情背后的真相，尤其是虚构作品的真相。

8

为了能够使观众一直保持兴趣，节目需要有中场休息。通常来说，在这一时段，会有一位书商出现在屏幕上，为大家介绍他的爱书；但由于这是一期特别节目，一位记者采访了玛嘉利·克罗泽，好对这间著名的退稿图书馆了解更多。

自从答应出镜以来，玛嘉利就徘徊在绝望的边缘。她去药店买了些美黑霜，结果把肤色染得奇奇怪怪，介于褪了色的黄色和胡萝卜色之间。她到理发师（也就是玛德琳打招呼的那一位）那儿去了三次，翻来覆去地挑选新发型。她最后选择了一个奇怪的刘海，将额头遮得严严实实。理发师觉得她的新发型非比寻常，他着重强调了这个词，一边说，一边用双手捧住她的面颊，就好像自己都感到惊讶，竟然能够在头顶上创造出这样一个作品。的确如此：理发史上，还从来没有出现过这样一款发型，它既巴洛克又古典，既超前又老土至极。

还剩下穿着。她迅速选定了(其实，她只有这一套能配得上这种场面的衣服)她的浅粉色套装。她很惊讶，如今穿上这身衣服会那么费劲，不过她还是挤了进去，虽然险些要窒息。面带新肤色，头顶新发型，身穿衣柜最深处翻出的套装，她简直快要认不出自己了。在镜子前，她觉得自己就像个陌生人。而在她越来越胖的同时，丈夫若泽却越来越瘦(就好像有一个恒定的总体重在夫妻之间动态分配似的)。若泽在妻子这副从未有过的模样前愣住了。他脑海里浮现出一个膨胀得巨大无比的粉红色气球，球上顶了个像一团腌酸菜似的脑袋。

“你觉得怎么样?”她问道。

“我不知道。很……奇怪。”

“哦，为什么我要问你?！你什么也不懂!”

丈夫往厨房走去，将狂风骤雨般发作的妻子留在身后。毕竟，她这样对他说话已经很久了。他们之间或者沉默无言，或者恶语相向，却几乎从来不轻声慢语地好好交流。这样的状态是从何时开始的呢？很难说清一段感情的冷却是从哪个时间点开始的。人们总是不觉中渐渐走向无法挽回的终点。自两个儿子出生起，他们的生活变得越来越琐碎。他们将彼此的疏远归咎于令人疲乏不堪的日常生活。等孩子们长大些就好了，能够和好如初的，他们想。但事实恰恰相反。两个人渐行渐远，中间已隔了巨大的沟壑；在客厅里，似乎硬生生地架起了一道感情的悬崖。任何一段倦怠的爱情都无法填补这样的裂痕。孩子们会带来些生机活力，他们会有各种聊天的话题，会七嘴八舌评论各式各样的人。而如今，这一切也不复存在了。

不过，若泽还是决定回到妻子身边，去安慰她一下：

“会很顺利的。”

“你觉得会?”

“是的，我知道你会表现得非常完美。”

他突然的温柔打动了玛嘉利。她必须承认，每一段情感关系都是很难定义的，总是好好坏坏、阴晴不定，而如今，她已不知该作何想。盛怒时，我们会想要决绝地抛弃一切；然而我们仍然相爱，这事实让我们自己都惊讶不已。

对于录制节目，玛嘉利也感到同样的困惑。其实，她并没有太明白这回事。她做了那么充分的准备，就好像是受邀参加晚八点新闻。对于她来说，"上电视"的意思就是"所有人都会看到我"。她没想到，自己只是要在两分钟里做一下介绍，中间还会穿插大量图书馆的照片和读者的评论。她费了这么多工夫，只是要在一个文学节目里出镜十七秒！更何况，就算添上她这一份收视率，这个节目的观众还是寥寥无几。女记者请她介绍了图书馆计划是如何诞生的。她提到了让-皮埃尔·古尔维克，以及她是如何满怀热情地投入这个精彩的项目的①：

"很不幸，成功只是昙花一现。但彼克先生的书改变了一切。现在，图书馆里多了许多人。大家都感到非常好奇。而那些来存

① 与事实相比略有修改，对照前文便可得知。——原注

放书稿的人只要一进门我就能辨认出来。自然了,这也给我增加了不少工作量……”

尽管她还滔滔不绝地想要再讲上好一会儿,记者却表示感谢她“宝贵的见证”。记者知道,这个片段的时长很有限;没必要收集太多素材来增加剪辑的难度。玛嘉利十分失望,但仍然继续,不管有没有摄像机在拍:“现在的情形很古怪。我常常要同时接待超过十个人。我从来没有见过这样的景象。如果这么继续下去的话,说不定有一天,会有一辆日本来的车停在图书馆门口!”她笑着感叹道,但已经没人在听了。她并没有说错,人们对这个地方的迷恋将会与日俱增。而此刻,玛嘉利走向她小小的办公室,给自己卸了妆,就像是一位年老的女演员,结束了最后一场演出后回到她的化妆间,心头写满忧郁。

9

工作人员迅速剪辑好了涉及图书馆的片段,好让玛德琳能在访谈录制现场就看到。弗朗索瓦・布斯奈尔问她有没有什么感想：

“看到在这儿发生的一切真是太不可思议了。我听说,很多人去我们的披萨店,就是为了看看我丈夫或许写作过的地方。不过,他们可别想再吃上披萨了,那儿现在是家可丽饼店。”

“你对于粉丝们的疯狂有什么想法?”

“我并不是很理解。这不过是一本书而已。”

“很难阻止读者们的热情。记者们也同样想要了解您丈夫的过去。”

“是的我知道,所有人都想和我聊天。人们对我们的生活挖地三尺,我不太喜欢这样。有人让我跟您聊一下。您开心就好。因为如果让我说心里话,我更希望大家还我清净。有的人甚至去了他的墓地,尽管他们并不认识他。这样做不好。这是我的丈夫。我很高兴大家能读他的书,但……这就够了。”

玛德琳坚定地说出了最后这段话。没有人事先预料到这一幕,但这是她的真实想法。她不喜欢这场围绕着亡夫愈演愈烈的喧闹。弗朗索瓦·布斯奈尔提到了正在调查彼克一生的记者们,他们会有什么重大发现吗？有些人则秉持着另外一种直觉判断；

很多人[1]认为，这位披萨师傅不可能写得出小说。他们不知道是谁写的，也不知道为什么要用彼克的名字，但一定能找到一个原因。玛德琳的采访证明，她的伴侣的一生过得规规矩矩，而且是个几乎与文艺生活不沾边的人，这有力地支持了他们的猜想。需要找到解开谜团的钥匙。自然，如果可能，要第一个找到。

10

节目播出的第二天，所有人都被收视率惊呆了。这是个创纪录的数字。很多年来，即使是在贝尔纳·皮沃[2]主持《单引号》的时代，文学类节目也没有这么高的收视率。几天之后，这本书登上了小说排行榜榜首。甚至，连之前在法国鲜有人读的普希金的书都销量大增。这股热潮一直蔓延到国外，出版社收到的引进版权报价水涨船高，尤其是来自德国的。在严峻的经济环境和不稳定

① 其中有《费加罗文学副刊》的前任记者让-米歇尔·卢歇。这是一位德国文学专家(托马斯·曼家族的无条件拥护者)。在突然被解雇之后，他如今以自由职业为生，时而发表些吹嘘拍马的讨好文章，时而又以中立立场调解文学论战。此刻，他不过是出现在脚注里，但很快，他在这个故事里就会扮演起重要的角色。——原注

② Bernard Pivot(1935—　)，法国记者，曾主持文学类电视节目《单引号》。

的国际关系之下，玛德琳的真诚与书稿背后的传奇相辅相成，写就了一次巨大的成功。

在克罗宗，媒体突如其来的关注也改变了人们看待玛德琳的眼光。在菜场里，她明显感觉到别人对她的态度与以往不同了。人们像打量一头待宰的动物一样观察着她，她只得用虚情假意的微笑掩盖尴尬。市长提议组织一个小型招待会向她致敬，但她断然拒绝了。她已经接受了丈夫的书被出版，也接受了电视节目的采访，但事情就到此为止了。她不可能改变自己的生活(但人并不一定能够自己决定这件事)。

面对想要保持低调的玛德琳，记者们决定专攻作家的女儿。过了这么多年灰暗苦闷的日子，约瑟芬将这次突然事件当作从天而降的礼物。生活终于给了她回报。马克离开她的时候，她感到已不再有人对她有任何兴趣了，而如今，她被推到了舞台中心。人们想知道她的父亲是个怎么样的人，在她小时候有没有给她讲过故事，大家围着她喋喋不休地追问着各式问题，再这样下去，说不定马上就要问到她喜欢吃西兰花还是茄子了。她俨然成了电视真人秀里的临时女主角，众星拱月的感觉让她着迷。《法兰西西部报》派来一名记者进行了一场耗时很久的采访。约瑟芬回不过神来:“法国阅读量最大的报纸……”她喃喃自语道。至于照片,她自然要求在她的店铺前拍。自第二天起,客流量一下子就翻倍了。大家排着长队来买一件文胸,就因为店主的父亲是那位在完全不为人知的情况下写就了一部小说的披萨师傅(扬名于身后最荒谬的表现形式之一)。

约瑟芬重新找回了笑肌的功能。人们看到她在店铺门前走来走去,神情像是中了大乐透。她对不同的人讲述不同版本的故事;她谈论自己与父亲亲密无间的关系,谎称一直感到他拥有自己的内心世界。最后,她说出了所有人想听到的话:她对于这个发现并不感到惊讶。她绝口不提,或者已经完全忘记了自己的第一反应。她迷上了出名的滋味,想要每天都沐浴在这片崭新的光明之中;甚至沉溺其中,再也不出来。

接到马克的电话时,她惊愕不已。在分开之后,他问过几次她的近况,之后就完全消失了。几个月里,她都守着手机,期盼能收到一通回心转意的来电。有时候,她把手机重启十几次,就为了确认它没坏,她还做出奇怪的举动,将手机举向天空,好让信号更强一些。但他再也没有给她打过电话。曾经那样深厚的关系,怎么能够说断就断了呢？当然了,他们的最后几次交谈,也不过只是一连串混乱的(她)责骂和(他)躲闪,很显然,对话只会让他们更难受。

人们常常说,一切都会过去的,但有些痛苦总是难以平息。她还是想念马克,当然会想念每天早晨安睡在自己身旁的他,但也会想念他的缺点:他总是在说“是”或“不是”的时候咕咕哝哝,甚至连说个“也许”都含混不清。约瑟芬喜欢上了过去厌恶的事情。她回想着他们的相遇和女儿们的出生。所有快乐的画面都被最后一刻毁掉。他对她说“我得和你谈谈”的那一刻。无需多谈,这个人人皆知的绝望句子本身就已宣告了一切。因此,一切都结束了。但刚刚,店里的电话响了。马克想要问问她最近怎么样。她十分惊讶,一时间不知如何作答。他接着说:“我想来看看你,一起喝杯咖啡,如果你愿意的话。”是的,正在和她说话的是马克。马克问她是否愿意再见到他。她努力整理脑子里纷乱的思绪,得出一个唯一的答案:“好。”她记下见面的时间地点,然后挂了电话。在之后的几分钟里,她都注视着那部电话。

第六部分

1

小说持续高居排行榜榜首，它成为一个现象级事件，而且引发了许多意想不到的后果。顺理成章地，书的版权被好几个国家购买，并已在迅速翻译之后于德国大获成功。《明镜》杂志刊登了一篇关于这部小说的长文；作者长篇大论地将彼克与一连串隔绝世外的作家联系在一起，例如J. D.塞林格和托马斯·品钦。他甚至被拿来与朱利安·格拉克做对比，后者曾在一九五一年因《沙岸风云》被授予龚古尔奖，但他拒绝了这一奖项。情形并不全然相同，但的确，这位布列塔尼人可以被归入一个庞大的作家群体，他们渴望被阅读，却不愿被关注。在美国，这本书出版时的名字是：《无人想要的书》。这个书名不按常理出牌，因为它涉及的是出版背后的故事，而非小说的情节本身。但这也切切实实地证明，在我们这个时代，形式的重要性已经越来越甚，最终将彻底压倒内容。

另外，许多人表示想要将它改编成电影，但还没有任何合同敲定。电影《艺术家》的制作人托马斯·朗曼已经开始了构思，他设想中的电影并非以小说为主题，而是围绕作者的一生展开；他不停地向任何愿意听的人重复他的双关妙语："这部电影会讲述《彼时彼克》!"但目前，讲述彼克一生的剧本还很难被创作出来，因为缺少太多要素了，特别是不知道他是在怎样的情形下写作的。一个男人做披萨和在早晨独自写作的画面不可能让观众坚持两个小时。"慢电影有很多局限。这个题材要是让安东尼奥尼[①]执导，阿兰·德龙和莫妮卡·维蒂[②]来演就完美了。"他幻想着。不过最后，他并没有买下改编权。格拉塞出版社的版权负责人海蒂·瓦尔内克是个有着热情声线的德国女人，她继续接收各方的报价，但迟迟未下决定。最好能等到一个非常成熟出色的方案，而不是操之过急；小说的成功与日俱增，一定会出现一个重量级的方案。她并没有说出来，但她梦想的导演人选是罗曼·波兰斯基，因为她知

---

① Michelangelo Antonioni(1912—2007)，意大利导演。

② Monica Vitti(1931—)，意大利演员，安东尼奥尼的御用女演员。

道，只有他能够将一个在房间里独自写作的男人的画面展现得动人心弦。这本书讲述的是一次分手，是一段不可能的爱情。而《钢琴家》的导演比任何人都知道如何在荧幕上展现身体和情感的微末之境。但他刚刚开始拍摄一部新电影：一位死于奥斯维辛集中营的德国女画家的故事。

2

还有另外一些更加出人意料的后果。人们开始将被退稿视为一件幸事。编辑不一定总是对的；彼克就是一个新证据。在这一刻，大家已然忘记，没有任何确凿证据表明他曾将书稿寄往出版社。但借着这股风，便可随之起舞。随着信息技术的发展，越来越多的作者在被传统出版社拒绝之后将自己的书稿传到网络上。而读者可以将这些书捧红，正如《之后》①系列小说的例子。

第一位想出营销妙招的是阿尔班·米歇尔出版社②的理查

①《之后》(*After*)为作家安娜·托德(Anna Todd)创作的系列小说，起初因在网络上连载走红，后被正式出版。

② Éditions Albin Michel，法国出版社。

德·杜古赛。他让助理在他们最近退稿的稿件里找几本“不算太差”的书。毕竟,在面对一本并不乏长处的小说时,编辑有时会再三犹豫后最终放弃。助理给被选中的作者打电话,想知道他被退过几次稿:

“您给我打电话,是想知道有多少编辑拒绝过我的稿子?”

“是的。”

“您可真奇怪。”

“只是想知道一下。”

“十几个吧,我觉得。”

“非常感谢。”她说着挂掉了电话。

还不够。要找到一个退稿之王。获胜者是《兄弟的荣光》,某位名叫古斯塔夫·霍恩的作者写的,他被拒绝了三十二次。理查德·杜古赛立马就与作者签订了合同;后者觉得简直是在开玩笑,或者有台隐藏摄像机在暗中拍摄?不,合同千真万确。

“我不明白你们是什么意思。几个月前,你们不想要我的书稿。我收到了一份退稿信。”

“我们改主意了。谁都有可能会弄错……”编辑解释道。

几个星期后，这本书出版了，腰封上赫然写着：

一本被拒绝了三十二次的书

这本书没有复制彼克的成功，但也有超过两万册的销量，已经是非常不错的成绩了。读者们对一本被拒绝过如此多次的小说感到非常困惑和好奇。人们在其中看到了一种屡败屡战的反抗精神。古斯塔夫·霍恩并没有意识到整个情形是多么的讽刺，而是感觉自己的才华终于得到了赏识。怀抱着这一全新的信念，他不能理解，为什么编辑又拒绝了他的下一部书稿。

3

永远活跃着的前文化部部长贾克·朗①提议设立“未出版作

① Jack Lang(1939—　)，法国政治家，曾多次担任法国文化部部长及教育部部长。

者日”[1]。大家一起来为所有没得到编辑认可的作者欢庆他们的节日。自头一年起，这个活动就大获成功。效仿同样由朗所设立的音乐节的形式，尚未成名的小说家和诗人走上街头，为所有愿意听的人读他们的故事和诗句。一份来自《巴黎人报》的调查证实，每三个法国人中就有一个在写作或是想要写作：“可以说，如今，作家比读者更多”，皮埃尔·瓦瓦塞尔在文章里这样总结道。在RTL电台的节目里，主持人贝尔纳·勒雨对活动的成功评论道：“我们每个人心中都住着一个彼克。”读到这本在退稿书架中被发现的书，每一个渴望被阅读的人都会感到心有戚戚焉。奥古斯丁·特拉贝纳尔乘机邀请了一位匈牙利哲学家上他的广播节目，这位学者研究的是“消失”这一哲学命题，尤其专攻莫里斯·布朗肖[2]的作品。但问题在于，他太过投入于自己的研究主题，在说话时不断地暂停留白；就好像他自己也想在节目中逐渐消失。

就这样，每个人都在谈论彼克，他的故事告诉我们，才华有朝

---

① 他犹豫过，是否应该取个更简单的名字：“写作日”或“写作节”。但最后，他还是想着重突出没有被出版的作家：这不是为了提倡不专业，而是向那些没有得到认可的作者表示尊重。——原注

② Maurice Blanchot(1907—2003)，法国作家、哲学家。

一日能被认可，梦想终能成真。如何能相信那些声称只为自己而写的人？下笔写的每一个字，总是期待着他人的目光。所谓的为自己而写就像是收拾好行李箱却不出门旅行。人们喜爱彼克的小说，主要是因为他一生的故事能够触动人心。他唤醒了人们心底成为他者的幻想，他是一个具有不为他人所知的超能力的英雄，那么低调不起眼的一个人，却暗藏着对文学的细腻感觉。人们对他知道得越少，他就越是令人着迷。他一生的经历平铺直叙、单调乏味。但这让人更加心生仰慕，甚至造就了一个神话。越来越多的读者想要追随他的足迹，在他的墓前静思冥想。克罗宗墓园迎来了许多狂热的追捧者。玛德琳常常会碰见他们。她丝毫不能理解他们的行为，毫不客气地让他们走开，不要打扰她的丈夫。她是那种觉得逝者会被吵醒的人吗？不管怎样，毕竟还是有可能会惊扰他心底的那些秘密。

这些特殊的访客也会去彼克的披萨店。他们很失望地发现，一家可丽饼店已经取代了原来的店面。看到蜂拥而来的顾客，新老板热拉尔·米松和他的妻子妮可既惊又喜，决定把披萨加到菜单上。开始的几天很灾难；可丽饼师傅痛苦地接受了这个变动。

“我现在还得做披萨了……全都是因为一本书。”他口中反复嘟囔着，心里满是狐疑，同时努力熟悉烤炉的使用方法。很快，可丽饼就被彻底遗忘了。越来越多的顾客想要参观彼克写作过的地下室。米松兴高采烈地组织着朝圣之旅，并在几个月里凭空拼凑出了一个故事，于是，一部小说背后的小说诞生了。

一个早上，整理储藏室里的东西时，热拉尔·米松决定将一把小餐桌搬下来。他又挪了把椅子，坐了下来。他从来没写过一行字，此时却心想，也许写作的灵感就源自这个神奇的地点，只要坐在桌子前，拿张纸，握支笔，奇迹就能发生。但什么也没有。一点想法也没有，完全没有。连一句话的影子都没有。做可丽饼（或者甚至是披萨）还来得容易些。他失望至极，好几天都沉浸在这个白日梦里不可自拔，幻想自己也能成为一个成功的作家。

妻子撞见了他这副不可思议的模样。

“你在干什么？”

“不是……不是你想的那样。”

“你在写作？你？”

妮可爆发出一阵大笑，回到了前厅。她的态度还算温和，但热拉尔感觉受到了侮辱。妻子不觉得他有能力写作,或者连思考的能力都没有。他们不再谈论那个时刻,但这已在夫妻之间划下了一道裂痕。有时,需要做些出人意料、不合常规的举动,才能知道别人对我们的真实想法。

4

彼克小说的出版带来了不计其数的后果,米松夫妻之间的裂痕不过是其中之一。这部小说改变了许多人的生活。而自然,小说的出名也让退稿图书馆一举成名。

其实,玛嘉利已经很多年没有操心过退稿书架了,但如今,她得重新打理规整这块地方。一开始,不过是要接待几个人而已,但很快,她就忙不过来了。看这样子,简直好像每个法国人手头都有一本书稿。许多人并不知道需要亲自过来递交稿子;因此,每天都有几十部小说邮寄而来,似乎这里是一家巴黎的大出版社。玛嘉利对局面感到束手无策,便向市政府请求帮助。于是市政府为图书馆开设了一家分馆,专门用来存放退稿。由此,克罗宗成为了那些没有得到出版的作家们的专属城市。

这座位于世界尽头的宁静小城如今遍是人影，遍是爱好文字的男男女女。那些过来存放书稿的人一眼便能认出。但并不是所有人看起来都灰心丧气的。有些人觉得来这里放一部稿子——甚至是放一部日记——是件很时髦的事情。这座城市对所有人的文字敞开大门，它们荒唐地涌入，有时，作家们从很远的地方来；甚至能偶遇两个来自克拉科夫的波兰人，特意来放自己心目中未遇知音的杰作。

年轻男人杰瑞米从法国东南部来到这里，放下他的一部短篇小说集和一些诗歌，那是他几个月来的创作成果。他二十出头，长得很像科特·柯本[1]，高高瘦瘦，总驼着背，顶着一头又长又脏的金发，但在邋遢的外表之下，散发着某种动人的光芒。杰瑞米看起来像被这个时代抛在了后头，仿佛从七十年代的唱片里走出来的人。他的作品受到勒内·夏尔或亨利·米肖的影响。他希望自己的诗歌能够鲜明地表白政治文化立场，但除了他自己以外，没人能

---

① Kurt Cobain(1967—1994)，美国歌手，涅槃乐队的主唱。

够理解他写的东西。与每一个缺少归属感的人一样，杰瑞米脆弱易感，总是四处游荡，寻觅着一个容身之处。

玛嘉利疲于不停接待这些带着手稿而来的人，有时甚至暗地里埋怨古尔维克这个离奇的念头。她从未像现在这样觉得整个计划是那么荒谬，因为她的眼里只有随之而来的海量工作。当她看到杰瑞米时，心里想，不过又是个不被赏识的可怜虫，和其他人一样过来缠着她聊个没完。可来人微笑着递上他的书稿。温和的态度与粗犷的外表形成了鲜明的对比。最后，她欣赏起他的模样，并终于意识到他有多么帅气。

"我相信您不会看我的手稿，"他几近耳语道，"里面的内容还是非常私人的。"

"请放心……"玛嘉利回答，不禁有些脸红。

杰瑞米知道，正是因为他的这些话，这个女人一定会看他写的东西。不过不要紧。这个地方像一座孤岛，在这里，他不用再担心被评头论足，而是感觉到轻松自在。尽管看起来总是一副胸有成竹的样子，事实上，他通常十分腼腆，但此刻，他在图书馆里待了好一会儿，注视着玛嘉利。玛嘉利被年轻男人青涩的目光搅得不知所措，想要给他的行为找个合理的解释。但很显然，自打他进门起，她就心神不宁、手忙脚乱。他为什么要这样看着她？他或许是个精神病？不，他看起来一副人畜无害的温和模样。从他走路、说话、呼吸的方式都看得出来；他总是显得小心翼翼，甚至充满歉意。然而，他散发着一种无可否认的魅力。简直不可能将目光从这个幽灵般降临[1]的男人身上移开。

他又静静待了一会儿，依然没有开口说话。有时，他们会对彼此微笑一下。终于，他靠近玛嘉利：

“我们可以一起喝一杯吗？在您下班以后？”

“喝一杯？”

“是的，在这儿我就自己一个人。我大老远过来放我的书稿。我谁都不认识……所以，如果您愿意的话，那可就太好了。”

“好……”玛嘉利回答道，自己都感到很惊讶，竟然会没有好好考虑一下就这样脱口而出。但是，她已经说了好……所以，她会和他一起喝一杯。这只是出于礼貌，他谁都不认识。而且，他想和她

① 要是玛嘉利知道帕索里尼，她便会联想到他的电影《定理》，想到电影中的男主角，他幽灵般的出现搅乱了每一个人的灵魂。——原注

一起喝一杯也是为了这个理由,别无其他可能。他不想一个人待着,这很合理,就是因为这样他才想和我喝一杯,玛嘉利想道,她对眼前的状况反反复复地思前想后。

5

几分钟以后,她给丈夫发了条短信:她有许多工作还没做完,需要迟些下班。这是她第一次对他撒谎;不是她不想,而是因为迄今为止都没有隐瞒真相的需要。只是,克罗宗是座小城,这儿发生的一切都会被人知道。最好是等到图书馆关门之后待在里面。她有一间办公室,他们可以在那里喝一杯。她为什么会接受呢?她似乎被将要来临的那一刻深深吸引了。如果拒绝的话,她的人生就再也不会发生什么了。她难道不是一直梦想着那一刻吗?很难说她到底是怎么想的。她已经很久没有想过自己的欲望,甚至是自己的性别了。丈夫不再真的抚摸她了,他有时会对她产生兴趣,过程也的确愉悦,但完全只是出于生理需求,没有丝毫的柔情蜜意。而如今,这个年轻男人想要和她一起喝一杯。他几岁了?他看起来比她的儿子们还要年轻。也许二十岁？她希望不要比这更小了。不然就显得龌龊了。但她不会问他这个问题。说到底，她不想知道关于他的任何事，而是让这一刻保持神秘，将其隔离于现实之外，与她接下来的生活毫无干系。他们只是会一起喝一杯，一杯而已。

此刻，他快要喝完他的那杯啤酒了，仍定定地看着她。她转过脸，强装镇定地说了几句无关紧要的话，想要打破眼前难以忍受的安静。杰瑞米请她放松下来：没有必要非说话不可。他们可以就这么待着，他觉得很自在。他反对与人相处时的一切套路，首当其冲的就是两个人独处时必须要交谈这件事。不过，他还是开始了聊天：

“这是个奇怪的图书馆。”

“奇怪？”

“是的，还挺古怪的，这个留给退稿的角落。类似于一个受诅咒的角落。”

“这不是我的主意。”

“所以呢？你是怎么看的？”

"对于我来说,之前它都已经相当于不存在了。后来有了这本彼克的书。"

"你觉得真的是他写的吗?"

"是的,当然了,为什么有可能不是他呢?"

"不为什么。设想你做披萨,你从来没有读过一本书,结果你死后,别人发现你写了一本伟大的小说。这很古怪,不是吗?"

"我不知道。"

"你呢,你会做一些任何人都不知道的事吗?"

"不会……"

"那这个图书馆呢,是谁的主意?"

"是招我进来的那个人。让-皮埃尔·古尔维克。"

"他写作吗?"

"我不知道。我对他没有那么深入的了解。"

"你和他共事了多久?"

"十年多。"

"你和他在这块小小的地方朝夕相处了十年,你还说你不了解他。"

“是的，好吧……我们会聊天。但他脑子里想的事情，我并不大清楚。”

“你觉得你会读我的书吗？”

“我不觉得。除非你想要我读。我从来不打开人们放在这里的书。往往写得很差。这年头，每个人都觉得自己是作家。在彼克的成功以后情况更糟了。按他们自己的讲法，每个人都是不被理解的天才。这都是他们和我说的。我真是受够了和这些人打交道。”

“那我呢？”

“你怎么了？”

“见到我的时候，你觉得我怎么样？”

“……”

“你不想告诉我吗？”

“我觉得你很帅。”

玛嘉利脱口而出，自己都还没有反应过来。对方接连的发问本来或许会让她感到局促不安，但没有，她还想跟他一直聊天；还想一直喝到早上，心里甚至盼望着明天不会来，这一夜不会通往新的一天，而是掉入某个时间的裂缝里，从时间的流逝中幸免。尽管她是个坦率直接的人，但她从来不提及内心的感受或情绪。为什么她要承认自己觉得他很帅？因为这是最关键的因素，压倒了其他的一切。她也喜欢和他聊天，但在占据了她的欲望面前，这显得不值一提。多久没有过这种感觉了？她说不出来。或许，从来没有过，这是第一次。此刻的欲望强烈，正如之前的空白巨大。杰瑞米凝视着她，脸上浮现出淡淡的微笑；他放慢节奏，不慌不忙，似乎乐在其中。

最终，他站起身来，向她靠近。他把头放在她的肩膀上。她想要控制自己的呼吸，希望不要泄露飞快的心跳。杰瑞米的手滑过玛嘉利的身体，掀起她的裙子；在拥抱她之前，已经用手指穿进了她。她疯狂地抱着他，只是被触碰，就已然在忘我之境摇摆。他用力拥抱着她，紧紧地搂着她的脖子；她摇晃着向后倾，整个人轻飘飘的，似乎她的身体也在欢愉中慢慢蒸发。他牵起她的手，引导她触摸自己的私处。她照做了，但没敢看过去，动作很是笨拙，但他已经足够兴奋。他让她站起来，转过身去，立即从后面进入了她。玛嘉利不可能清楚持续了多长时间，身体每一秒的感受都是那样强烈，她沉浸其中，已不知今夕何夕。

6

现在，两个人躺在地上，被幽暗的光线笼罩着。玛嘉利的裙子仍掀着，杰瑞米的裤子也没有提上。她听到电话在响，一定是她丈夫，但无关紧要。她想在这一夜再做一次爱，突然感到很惊讶，自己竟然这一辈子都没有碰过别的身体。但她还是穿回了衣服，对刚才的赤身裸体感到很是尴尬。他怎么会想要她呢？为什么是她呢？他想要哪个女人都可以吧。就像是一场海市蜃楼，或者是只会发生在电影里的邂逅。她不应该起身就走，而是好好享受这一刻的美好；他会离开的，那太完美了；她可以在以后一再地回味记忆里的每一秒，让一切再现。

“你为什么穿衣服？”

“我不知道。”

“你要回去了？你丈夫在等你吗？”

“没有。好吧，是的。”

“我想你能再待一会儿，如果可以的话。我得在这里过夜，如果你同意的话。我没有地方住。”

“可以，当然了。”

“我还想要你。”

“你不觉得我……”

“什么？”

“你不觉得我太胖了吗？”

“不，一点都不。我喜欢丰满的女人，那会让我感到安心。”

“你那么需要安心吗？”

“……”

7

若泽很担心，又发了一条信息；他会到图书馆去。玛嘉利回复了他，说自己很抱歉因为盘点书目清单而脱不开身，她马上回去。她一边慌乱地收拾东西，一边瞥了几眼刚刚与她做爱的男人。

“所以我是一份清单啊。”他叹道。

“我得回去了,我别无选择。”

“不要担心,我懂的。”

“你明天早上还会在这里吗?”玛嘉利问道,心里却清清楚楚地知道答案。他将离开;他是那种会离开的男人。然而,他回答他会在,声音十分坚定;显得很是笃定。他最后一次拥抱了她,什么话都没有说。然而,玛嘉利感觉听到了什么。他说话了吗?此刻的感觉过于迷茫混乱,仿佛耳边眼前全是幻觉,必须要紧紧抱住对方,才能抓住真实。最后,他又开口轻声耳语道:“明天早上,在图书馆开门前过来,用你的嘴唤醒我……”玛嘉利不想去细究他充满情欲的要求的具体含义,只是沉浸在肉体相会的快乐之中;几个小时之后,他们又会在一起。

尽管需要尽快回家,但上车之后,她迟迟没有启动。她打开灯,然后是发动机。每一个毫无意义的琐碎举动都有了神话般的分量,就好像刚刚发生的事情将会蔓延至她的整个生活。就连几十年来每天都经过的那条路也显得不再相同。

第七部分

1

几年前,让-米歇尔·卢歇在文学界拥有着举足轻重的影响力。人们害怕他的文章,尤其是他在《费加罗文学副刊》的编者按。他喜欢拥有这样的权力,可以成为女媒体公关们争相共进午餐的对象,他总是故意先停顿几秒,再说出对某部小说的意见,有如下达一道神谕。那时的他就像一个临时王国的君主一般,而他以为自己的疆土会永永远远地存续下去。其实,只需一纸总编的新任命就能轻而易举地将他辞退。另外一名作者接手了这个职务的一切特权,而继任者也在几年之后被解聘;这便是围绕着脆弱的权力上演的不休圆舞曲。

卢歇并未意识到,他在风光的时候给自己树了不少敌。他不是有意跟人作对,只是诚实地说出自己作为一名知识分子的所感所想，揭发种种境况和才不配位的作家。写作的时候，他并未认识到，职业生涯是需要刻意经营的；的确，没有人能将他踢出这一行。但如今，他再也无法找到一个可以表达意见的空间；电台和电视上都没有机会，就更别谈纸质媒体了。渐渐地，人们将他遗忘；他变成了一个就在嘴边却叫不出来的名字。

不过，蹲冷板凳的日子并没有让他变成一个尖酸刻薄的人，而是变得几近宽厚仁慈。他在外省城市主持各种圆桌研讨会，意识到每一位作家，即使是最平庸的那些，都怀抱着对工作的激情和写出杰作的梦想。他与他落魄时代的见证者们共进冷餐，共抽卷烟。夜晚，在宾馆房间里，他端详着自己的头发，惊惶地发现它们正无情地弃自己而去。头顶的部分尤其明显。他在自己的社会境遇和头发境遇之间建立了正相关的联系；证据十分明显：他正是在被解聘后开始掉头发的。

自彼克的小说问世起，他就对这个故事产生了某种执念。和他在一起生活了三年的伴侣布丽吉特不明白，他为何如此频繁地谈到这本书，在他看来，这部小说的出版很可疑，是一场某人自导自演的文学大戏。

“在你眼里,什么都是阴谋。”布丽吉特回应道。

“我不相信会有一个艺术家想要不为人所知。好吧,是会有这样的事情,但非常罕见。”

“完全不是这样。许多人都有不想别人知道的才华。比方说我,你知道我会在洗澡的时候唱歌吗?”布丽吉特宣称,十分得意能用自己的水中歌来反击。

“不,我不知道。好吧,我不想得罪你,但我觉得这不完全是一回事。”

“……”

“听着,我有预感,就是这样。真相大白的时候,大家一定会吃惊不已的,我把话放这儿了。”

“我觉得这是个好故事,并且我相信它。你呢,你已经麻木了,真可悲。”

面对最后这句有些生硬的回应,让-米歇尔不知道如何作答。这也是一句指责。他能感觉到,布丽吉特已经厌倦了他。他对此并不感到震惊。他脱发,重了斤两,不再过着精彩的社交生活,并且赚钱越来越少;他再也不能一拍脑袋就请她下馆子。他需要事先盘算，将支出减到最小。

其实，这一切对布丽吉特来说都不重要。她只是希望他能找回两个人刚在一起时的激情；他那种讲述故事的方式，那种热情洋溢的样子。而现在，即使大部分时间他都保持温和专注的态度，她还是感觉得到，内心阴暗的部分正在一点点将他蚕食。他任由自己变得日益乖戾。说到底，她并不惊讶，他会对这位布列塔尼作家持怀疑态度。然而，她弄错了。事实与她想的甚至完全相反。让-米歇尔身上的某些东西被唤醒了。他已经许久没有过如此强烈的积极性。他想要进行调查，确信调查结果将会扭转他的人生。多亏彼克，他将重新活跃于文学舞台之上。为此，他需要在直觉的指引下一点点揭开这个骗局。作为行动的第一步，他要去布列塔尼。

他请求布丽吉特把车借给自己。她很犹豫：因为她知道，他车技很烂。但她不反对他离开几天。这有好处，对两个人来说都是如此。于是她同意了，但要求他一定要非常谨慎，因为她没有钱去付增加的保费。他迅速收拾了行囊，坐在方向盘前。没开出两百米，在蹩脚地转第一个弯时，他就把那辆沃尔沃给蹭了。

2

在电视上看见玛德琳之后，卢歇便确信，他无法从她那儿得到任何新信息。需要直接从她的女儿入手，后者喜欢频繁出现在各种访谈中。目前，人们只是请她讲一些过去的小故事，没有逼得太紧，但卢歇要不计代价地让她展示出尽可能多的材料。他坚信能够找到某处证据，来证明自己的直觉是正确的。约瑟芬乐此不疲地曝光于媒体前，借机为自己的店铺大打广告。我们的记者之前就在网上读了不少文章，并不禁由此对她产生了负面印象，甚至认为她有些愚蠢。

在开往雷恩的高速公路上，他心里一直纠结于刚才的剐蹭。布丽吉特一定会狠狠地责怪他。他的确可以否认是自己的责任。这也说得过去。他回到车上的时候就是这样；肇事者没有留下电话号码，就是这样。但她一定不会相信的。他完全就是会把借来的车剐花的那种人。他可以承诺修好它，但要花多少钱呢？由于朝不保夕的境况，他和所有人的关系都变得很复杂。首当其冲的就是他现在得去借辆车。如果他有钱，他就可以租一辆，并交付所有的保险附加费用，勾上“包括剐蹭”的选项。

他一边开车，一边回想着过去的几个月。他思考着，这股失败的旋涡将他卷至了何处。他离开了自己的豪华公寓，搬到巴黎一座高档大楼的顶层；这个地址能继续帮他撑着场面。没有人知道，他不坐电梯，而是走工人专用楼梯。他唯一吐露真相的对象是布丽吉特。在这样谈了几个星期恋爱之后，他不能再继续向她隐瞒事实了。几个星期里，他都拒绝邀请她来家里，到最后，她甚至以为他已经有家室了。发现事实完全不是如此时，她终于松了一口气：让-米歇尔只是没钱了。在她眼里，这并不重要。她一直以来都独自抚养儿子，从来没有依靠过任何人。得知真相后，布丽吉特不禁莞尔；她总是倾倒于穷光蛋的魅力之下。但数月之后，这成为了梗在他们之间的一件麻烦事。

快到雷恩时，卢歇尽力忘掉方才的剐蹭事故和自己一塌糊涂的生活，集中精力在接下来的调查上。开车时，他能感觉到自己的生命力。有时候，需要让风景在身边飞快掠过，才能把握住自己的存在。尽管他不是要去调查一起谋杀案，也不是发生在墨西哥的连环命案[1],但他要揭开的也称得上是一起文学欺诈案。没开多久,他就觉得最好停一会儿。他终于开心起来,在服务站喝了一瓶啤酒,并且犹豫着要选哪条巧克力。他想要再喝上一瓶。他下过决心要减少饮酒,但今天并不是个普普通通的日子。

卢歇在下午到达了雷恩。车上没有装导航系统,因此他又花了一个小时才找到约瑟芬的店铺。他正正好停在大门前:与其说是终于找对了地方,倒不如说这对他而言是个好兆头。他沉浸在狂喜之中回不过神来。多少年来,每次只要一开车,他就总是不停地兜圈迷路,最后停在某个快递仓库前,这让他整晚都处于焦虑之中。而今天,一切都不一样了。他为自己的时来运转激动不已,脑袋一热,又把车给蹭了。

还没好好高兴一会儿,就又陷入这可悲的处境。更惨的是:他没办法再让布丽吉特相信自己是无辜的了。在同一天里被划两次车的可能性太小了。除非编一个恶意寻仇的由头。有人因为他的调查怨恨他。他判断不出这个假设有几分可信。他在调查一个

① 他正在读罗贝托·波拉尼奥的《2666》。——原注

布列塔尼披萨师傅背后或许隐藏着的作家，谁会为了这件事而恨他呢？

3

他有些气恼，同时也想在迈出调查的第一步前给自己打点气，决定到对面的酒吧喝杯啤酒。接着他又点了杯姊妹酒[1]，这是饮酒者的专用行话，温情的调笑背后，是现实世界机械的套路。

几分钟后，他走进店铺。比起一个想要为妻子挑选精致内衣的丈夫，他看起来更像是个鬼鬼祟祟地偷看各种小内裤的老色鬼。新来的售货员玛蒂尔德向他走了过来。商科硕士毕业的她找不到稳定的工作。在打了一连串的零工之后，她终于签下了一份正式合同。她将这份好运气归功于亨利·彼克的小说。约瑟芬接受的那些采访让店铺名声大振，因此她必须得招聘一个助手来帮忙。玛蒂尔德也的确读了《爱情故事的最后时分》，并且觉得这个故事

① 原文为点了“妹妹”(la petite soeur)，法语俚语中指“再来一杯”。

悲伤极了;但她总是很容易就流眼泪。

“您好,我可以帮到您什么吗?”她问卢歇。

“我想和约瑟芬聊聊,我是记者。”

“对不起,她不在。”

“她什么时候回来?”

“我不知道。但我觉得今天应该不会了。”

“您觉得还是您知道?”

“她说她会出去一段时间。”

“这说得很模糊。可以给她打个电话吗?”

“我试过了,打不通。”

“这还挺奇怪的。几天前,她还到处曝光。”

“不,这不奇怪。她事先和我说过了。她需要休息一下,就是这样。”

“休息一下。”他低声重复道,觉得这次突然消失十分奇怪。

此时,一位五十多岁的女人走了进来。售货员问她想要什么,但她没有回答。她尴尬地看向卢歇。他明白了,自己是这个女人保持沉默的原因。她明显不想在他面前提及对内衣的需求。他迅速感谢了玛蒂尔德，然后离开店铺。他不知道该干些什么，又在对面的露台上坐了下来。

4

与此同时，黛尔菲和弗雷德里克刚吃完一顿长长的午餐。几个月来，她的工作实在太忙了，直到此刻，才有片刻闲暇留给自己，也留给她最喜欢的作家。尽管他因为见面时间少了而埋怨她，但他依然喜爱那些描写孤独的句子(他身上众多的悖论之一)。在他看来，在一起不一定要待在一起。

黛尔菲专心致志地发展事业。越来越多的人接近她，有的是为了祝贺她的成就，有的是为了将她挖走。还有许多编辑将她看作出版界未来的领军人物，认为她比所有人都更具有预见性。她常常因为受到瞩目而感到尴尬；总有一天，人们会意识到她其实只是个小女孩，她身上的光环会被戳破。目前，亨利·彼克的书已经有接近三十万册的销量，这个成绩远远超过了所有人的期望。

“格拉塞出版社会在十天后举办一场庆祝晚宴。”黛尔菲说道。

“他们一定不会因为我作品的销量而组织一场鸡尾酒会的。”

“会的。我确定你的下一部小说能拿奖。”

“这么说太贴心了。但我不是布列塔尼人,我不做披萨,最糟糕的是:我还活着。”

“够了……”

“上一本书花了我两年的时间去写。那本书大概卖了一千两百册,其中还包括我的家人朋友,还有我自己买来送人的。还有那些买的时候弄错了的人。还有我在书店办见面会的时候同情我的路人。说到底,要是算真正的销量的话,我应该卖出了两本。”他微笑着总结道。

她忍不住爆发出一阵大笑。黛尔菲一直很欣赏弗雷德里克的自嘲精神,但他的自嘲往往有些苦涩。他继续说道:

“大戏还在愈演愈烈。你看到了吗?许多出版社都派了实习生去克罗宗。他们想要挖到另一座金矿。但想想我们在那儿看到的那些没头没尾的书,这一切真是莫名其妙。”

“由他们去吧。那不重要。对我来说,重要的是你的下一本书。”

“正好，我想告诉你，我想好题目了。”

“哦，是吗？你就这么告诉我吗？那可真是太好了。”

“……”

“所以呢？告诉我！”

“这本书叫作《道出真相的男人》。”

黛尔菲直直地看着弗雷德里克的眼睛，什么也没有说。她不喜欢吗？最后，她嗫嚅道，在不了解内容的时候，很难评判一个题目的好坏。弗雷德里克明确保证，她很快就能读到。

几分钟后，他请求她与他共度午后时光。就像他们第一次约会时那样，他想要和她一起散步，然后做爱。黛尔菲露出迟疑的神色（他最讨厌的莫过于此），但还是宣布自己有太多工作，特别是要准备接下来的庆祝晚宴。他没有坚持（她最希望看到的莫过于此），然后他们在街上分别，两个人轻轻地拥吻了一下，在吻里许诺下一次会更加缠绵。弗雷德里克目送她离开，他凝视着她的背影，盼望她能转过身来。他希冀着她能够再给他一点表示，好让他安心等待下一次约会。但她没有转身。

5

卢歇在咖啡厅的露台上度过了一整个下午，不知不觉间接连喝下了许多杯啤酒。他的调查从一开始就陷入了僵局，他不知道该如何是好。前一天，他还幻想自己是守卫法兰西文学的无畏骑士，感觉自己的生活终于要有起色。现实却偏偏不尽如人意。约瑟芬离开了；没人知道她什么时候回来。他没法承认自己是个蹩脚的调查员，因为他连开始调查的机会都没有；他是一个在起跑线上抛锚了的赛车手[①]。数年来，他的生活在分崩离析，而且这一切无法挽回：命运在持续不断地和他作对。酒精要么会唤起充沛饱满的社交热情，要么则让人陷入悲观绝望之中不可自拔。因此，喝下的液体在身体内面对着两条分岔路，需要做一个选择；在卢歇这里，他走了消极的那条，一边沉沦，一边还不忘自嘲几句。

幸好，他刚刚收到了来自格拉塞出版社的媒体公关邮件，邀请他参加彼克小说的庆祝晚宴。他觉得挺荒谬，因为读到信息的时

---

①这个比喻很奇怪，因为自启程起，唯一值得一提的事就是他的剐蹭二连击。——原注

候，自己正致力于追踪这场他眼里的骗局；但这不是他在意的重点。此刻的他心头洋溢着受邀的快乐；这说明他没有被彻底遗忘。月复一月，他被越来越多的活动拒于门外；失去权力也就意味着失去了社交生活；人们不再邀请他共进午餐，一些他曾以为是朋友的媒体公关也离开了他，他们并没有与他一刀两断，但仍出于现实考虑与他渐行渐远，因为他们不能再把时间耗在一位媒体影响力所剩无几的记者身上。过去的他处处被奉为座上宾，完全不把纷沓而至的邀请放在心上，而如今却因为一次受邀而露出了幸福的微笑；总有这么一天，在日薄西山之时，人会疯狂地爱上逝去的东西。

他一边静静地喝酒，一边端详着进出内衣店的女人们。他想象着每一位顾客在试衣间脱下衣服的样子，他这么想并非因为好色，而更像是任由自己回到少年时代的绮梦之中。他想，通过观察女人购买内衣，便能知晓她们的秘密和心理活动。这是他不计其数的(酒精作用下的)午后理论之一。最后一位顾客离开后，玛蒂尔德走出店铺，锁上了门。这时，她瞥见马路对面的那个男人，他在几个小时前向她打听过她的老板。此刻的他已完全放松下来，给了她一个大大的友好的微笑，就像他们已经认识了很久一样。

年轻姑娘感到十分惊讶，因为与方才交谈过的那个内向拘谨的男人比起来，眼前这位简直判若两人。

微笑之后，卢歇又做了个小手势，他的动作既能表示友善的问好，又可以是向她发出邀请。玛蒂尔德可以随心选择。在揭晓她的决定之前，需要补充一个重要细节：她在雷恩一个人也不认识。她来自大西洋卢瓦尔省的一座小村庄，在南特念书，之后才来到雷恩工作。就业情况越严峻，人们就越容易四处迁移；因此，在经济危机之时，城市里时常见到一群群形单影只的人。于是，她朝卢歇走去。她立即向他发问：

"您一直都待在这里吗？"

"是的。我想，她有可能会在下午回来。"他支支吾吾地解释道。

"没有，她没有回来。"

"她给您打电话了吗？"

"也没有。"

"您不想和我一起喝一杯吗？"

"……"

"您不会连着给我三次否定回答吧?"

"好吧。"玛蒂尔德回答道,因为他最后的话莞尔一笑。

于是,记者吃惊地注视着她。已经很久没有陌生女人不因为工作而自愿答应和他一起喝一杯了。他试着加了点幽默,但也没太抱希望;看来需要承认,在无路可退的时候,反而能够表现神勇。他应该用同样的方式去做调查。只管勇往直前,不论结果如何。不过,现在已经有结果产生了:此刻,她就在这里,在他的身边。因此,得和她聊聊天。是的,他并不是邀请她来相对无言的。但聊些什么呢?在这种情形之下应该说些什么呢?更糟的是,自打她答应和他一起喝一杯,卢歇就开始发觉她十分漂亮。这让他更加焦虑。太迟了:他应该表现得好玩、有趣又迷人。三重不可能。他为什么要请她入座?真是个笨蛋。而她呢,她怎么能够答应和一个在一天里连蹭两次车的男人一起喝一杯呢?现在这个情况她同样负有责任。在思考这些问题时,他假装微笑来掩饰心中的焦躁。但卢歇觉得,玛蒂尔德能在他的脸上读出一切。他变得完全不知所措。

恰好,侍者在此刻走了过来。玛蒂尔德要了杯啤酒;卢歇则点了瓶巴黎水，好刹住这一下午的酒精时光，回归清醒的轨道。为了避免再次陷入尴尬，他继续做起调查：

“所以您不知道她在哪里？”

“不知道，我告诉过您了。”

“您确定吗？”

“您是记者还是警察？”

“我是记者，不要担心。”

“我没有担心。怎么了，我应该担心吗？”

“不……完全不用。”

“约瑟芬说这样的访谈她做得够多了。不过这对店铺来说很好。”

“……”

当卢歇不知道说什么的时候，他就在谈话间直接沉默。他经历的重重考验带走了他身上曾有的所有社交技巧。他的面孔也被苦难所改变，曾经的玩世不恭变成了迟疑不定，一条又一条深深的皱纹让他脸上显现出一种诚惶诚恐的可怜神色，令人因为同情而生出亲近之意。玛蒂尔德被这位陌生人打动，决定告诉他自己所知道的事情。

6

一切都是在十几天前开始的。一天早上，约瑟芬非常兴奋地来到店里；那幅画面非同寻常：她一动不动地站着，人们却能感觉到她在雀跃。

在此之前，玛蒂尔德面对的女人尽管热情，但很少流露真情，而如今，她很惊奇地发现了约瑟芬的另外一面；她看起来充满了活力，仿佛是一位与自己年纪相仿的朋友。正如所有刚刚有过激动人心的经历的少女一样，她完全没办法把事情藏在心里。她迫不及待地向周围的人吐露心声，而离她最近的就是年轻的售货员：

“太不可思议了。我刚与马克共度了一个晚上。你明白吗？这么多年了……”

玛蒂尔德难以掂量眼前的状况，只好演戏般睁大眼睛，表现出十分热情的样子。说实话，她会这样反应，更多是出于惊讶，老板竟然会和她讲如此私密的事情。她听着约瑟芬滔滔不绝的独白，脸上一直保持着这般神情。

所以，马克是她的前夫，因为另外一个女人在一夜之间离开了她。于是，她重回单身生活，因为两个女儿也去柏林开餐馆了。其实，这或许才是最痛苦的事情：孤独。但这是她的错。她不想与朋友见面，更不想碰到见证过从前的那些人。这一切都会提醒她马克是如何将她摧毁。而且，在共同生活了三十年之后，他已无处不在。在雷恩，她避开所有他们曾经常去的地方，于是这座城市对于她来说只剩下小小的一块准入区域。因此，她不仅心陷绝望，而且身陷囹圄。

然而，他打来电话，重新联系了她。她接起电话的时候，他只是说："是我。"就好像这句"是我"永永远远都会有效。一下子，两个人之间又变得如从前那般亲密。夫妻之间往往不互相称呼姓名。东拉西扯地感叹了几句时光飞逝之后，他说道：

"我在报纸上看到你了。这太疯狂了。我都没回过神来。太令人吃惊了。"

"……"

"太不可思议了，你父亲小说的事。我永远都想不到……"

"……"

"喂？你在吗？"

是的,她在。

但她没办法马上回答。

是马克在给她打电话。

最后,他约她见面。

她结结巴巴地说好的。

7

几年之后的重逢就好比是初次约会。约瑟芬纠结于自己的外表:他会怎么想呢?她一定变老了很多;她对着镜子照了很久,却惊讶地觉得自己还挺漂亮。她并不是个爱自吹自擂的人。相反,她常常自嘲自贬,并且总是对此安之若素,但最近,她对生活重新拥有了热情,她的面孔似乎也因此重焕青春。她怎么可以把这么多年都耗在自怨自艾上呢?她几乎对自己的痛苦感到羞愧,就好像痛苦不是因为身不由己,而是她一心为之的选择。她以为一切都结束了,她可以在街上碰见马克而不因此感到痛苦,但她错了:在电话里听到他的声音时,她立即明白了,她从来没有停止过爱他。

他约她在一家咖啡厅见面,他们在一起时常去那里吃午餐。约瑟芬决定早些到;她希望在他到的时候自己已经入座。她不想四处走走看看地寻觅他的身影,因为那样有可能会被他细细打量。她责怪自己这样害怕他的眼光;她如今明明已经没有什么可失去的了。这里什么都没有改变,装饰还是一模一样,恍惚间,一切似乎像极了过去。现在和过去混淆在一起。她决定不了喝什么饮料,从草药茶犹豫到香槟再到杏汁,最后点了一杯红酒。在她看来,红酒既配得上重逢的重要时刻,又不会显得过于隆重。一切都很复杂;她甚至在考虑应该摆出什么姿势。该怎么摆放她的手臂,她的手,她的腿,还有她的目光呢?她应该故作轻松,还是应该直直地坐着等他,就像在窥伺猎物?他人还没到,就已经让她疲惫不堪。

他终于来了,同样比约定时间提前了一些。他快步走向她,脸上带着大大的微笑。

"啊,你已经到了?"

"是的,我在附近见了个人……"约瑟芬回答道,她撒了个小

谎。他们热情地拥抱了彼此,微笑着定定看了对方一会儿。终于,马克开口道:

“这样见面还是挺怪的,是吧?”

“你应该觉得我看起来很糟吧。”

“一点都没有。我在报纸上看到你了,你知道。我心想,你一点儿也没变。我才是……”

“没有。你和以前一样。还是那么……”

“我肚子变大了。”他打断道。

他也点了杯红酒,他们开始热络地聊了起来。对话毫无冷场,似乎两个人从来没有分开过。他们充满了默契;自然,他们暂时避开了可能会引发不快的话题。聊些无关痛痒的内容总是更加轻松,像是新上映的电影,或是曾经的共同朋友最近遇到的风波。他们喝了好几杯酒,沉浸在久违的轻松氛围里,但这份轻松是真实的吗?约瑟芬不停地想着另一个女人。那个问题灼烧着她的嘴唇,最后,她再也忍不住不问出口,正如不可能阻止一个人冲出着火的房子一样:

“那……她呢?你还和她在一起吗……?”

“不。结束了。已经有几个月了。”

“是吗？为什么?”

“很复杂。我们处不来了……”

“她想要个孩子?”约瑟芬猜测道。

“是的。但不只因为这个。我不爱她了。”

“你在多久以后意识到这一点的?”

“很快。但因为我已经为了她而搞砸了我们俩的事,只能自欺欺人。直到我下决心离开的那一刻。”

“那你为什么想要再见我?”

“我告诉你了。我在报纸上看到了你。这好像是一个征兆。我从来不读报纸,你知道的。一开始,我觉得自己不应该给你打电话。我把你伤得那样深。而且,我不知道你过得怎么样……”

“这我不信。女儿们肯定告诉过你。”

“据她们说,你一直单身。但或许你并不是什么都告诉她们……”

“不,我没有隐瞒任何事。在你之后,没有任何人。我本可以的,但我做不到。”

"……"

在这之前,他们的对话一直没有停顿,但此刻,出现了一阵安静。马克提议去另外的地方吃晚饭。尽管确信自己什么也吃不下,她还是同意了。

8

吃饭时,约瑟芬不得不承认这个夜晚的走向很奇怪。在那种经典的久别重逢场面里,人们会回顾没有彼此的那些年,但今晚全非如此。马克越来越明确地表达出要回到她身边的想法。她不是在做梦吧? 不,他一再地诉说着他的想念,诉说他对于过去生活的怀念,以及他犯下的过错。谈起他的新愿望时,他会不时低下头。平常的他总是一副信心满满的样子,甚至常常有些傲慢,此刻却小心翼翼地试探着。看到他惶恐的样子,约瑟芬的情感愈发澎湃;而她的心也愈发笃定。她十分惊讶,自己竟然能如此自在,但事实就是这样;现在,一切都无比清楚了。过去的这些年里,她没有一刻不在等待着这个时刻。她拿出自己的手帕,擦去前夫太阳穴上的一滴汗，于是，一切重新开始了。

稍后，他们在马克家做爱。时隔多年后，再一次亲近如此熟悉的身体，这种感觉很特别。约瑟芬如同第一次那般感到紧张害怕，但同时又对对方无比熟悉。不过，有一件事改变了：马克决心让她感到愉悦。尽管她一直都喜欢和他做爱，但在一起的最后那几年里，这件事已经变得十分机械了。他的情欲日渐稀薄。但这一夜不一样。她找回了那个斗志昂扬的丈夫。通过身体，他想向她许诺，自己一定会改变。约瑟芬想放松下来，把一切交还给身体，但还是没法完全放空大脑。她需要时间去适应，才能够在做爱的时候不去胡思乱想。然而，她真真切切地感受到了愉悦，两个人都对刚刚发生的一切惊讶不已。最后，约瑟芬在马克的怀里睡去。睁开眼睛时，她才能确认，昨晚的经历都是真的。

9

在之后的几天里，他们沿着这个轨道前进，感情持续升温。他们共进晚餐，一起回忆过去，追悔过错，一起展望未来，憧憬幸福，最后在马克家做爱,结束他们的夜晚。他满脸喜悦,容光焕发;为了讨好约瑟芬,他提到另一个女人是如何让他喘不过气来,如何剥夺他的自由,想要控制他的生活。而且,他要送礼物给她,要用钱来让她安心。约瑟芬并不喜欢听这些心里话。这会将她重新带回痛苦之中,留给她无尽的苦涩。需要避开关于过去的话题:

“别讲了,请你别讲了……”

“是的,你说得对。对不起。”

“已经过去了。”

“你想象得到,你父亲能写出这么一个故事吗?”马克问道,他突然切换了话题。

“什么?”

“你父亲的书……你之前想象得到吗?”

“不,但我也想象不到我们会有今天。所以一切皆有可能。”

“是的,这是真的。你说得对。但我们,我们可没卖出去那么多书!”

“那当然了。”

“他们告诉你确切数字了吗?”

“什么数字?”

“呃……就是……你父亲小说的销量。我在报纸上看到这本书卖出了超过三十万册。”

“是的,我想是的。而且数字还在继续增长。”

“天文数字。”马克补充道。

“我还没有意识到这到底意味着什么,但我想确实很多。”

“这一点我向你保证。”

“这尤其奇怪。我父母一辈子勤勤恳恳地工作,过着那样朴素的生活,而现在父亲留下了一本书,母亲则将因此变得富有。但你知道她的。钱这种东西,她一点儿也不在乎。我甚至不会感到惊讶,要是她把钱都捐出去的话。”

“你觉得会吗? 那太可惜了。你应该和她谈一谈。你可以实现所有的梦想,终于可以给自己买艘船……”

“啊,你还记得……”

“当然了,我什么都记得。什么都记得……”

约瑟芬十分惊讶,他竟然记得这件小事。从年轻时,她就十分想拥有一艘船。对于她来说,只有在水上才能享受到真正的自由。

她自幼成长在大西洋边,看着潮起潮落度过了童年时光。每次回克罗宗,甚至在去见母亲之前,她第一时间要做的便是这件事:跟大海打个招呼。这一夜,她想着这艘或许将会拥有的船入睡。迄今为止,她还没有与母亲聊过父亲小说的版权问题。她们的生活必将因此改变。

10

目前,这部小说给她造成的影响主要还是来自媒体。约瑟芬继续接到记者们的电话,请求她接受采访,挖掘仍不为人知的细节。她答应去搜寻一番,但并不觉得还能找到什么有价值的东西。记者们仍坚持不懈地追问:那信件呢?书面资料呢?电光石火之间,她的脑海中突然闪现出一段回忆。她隐约记得父亲在她九岁那年的夏天给她写过一封信。她在南法参加夏令营的时候收到了那封信。她记得它,是因为那是唯一一封。在那个年代,人们在分别两地的时候不打电话。为了和女儿联系,他只好给她写信。她把这封信放在哪里了?父亲在信里和她讲了些什么?无论如何也要找到它。那将是父亲留下的书写的痕迹。她越是琢磨，就越觉得他是故意不留下任何证据。一个人能够默默创作出一部如此伟大的小说，那他一定清楚地知道自己在干什么。

她能把信收在哪儿呢？约瑟芬的脑子总是停不下来，因此，她常常在睡觉的时候想事情。这一夜，她在脑袋里接近了放信的角落。还需要一两夜来寻找答案。睡不深的人要么自己感到疲惫，要么让别人乏累。约瑟芬的心情总是在两种极端模式之间切换，有时，她觉得自己懒洋洋、慢悠悠的，有时候却又精神抖擞。在她的店铺里，每天早上，玛蒂尔德都不知道自己将要见到的会是一个萎靡不振还是活力四射的人。最近，第二种情况占了上风。约瑟芬滔滔不绝地说话。她想把自己的经历讲给全世界听，而她的全世界便是她视线范围内的那个人。在如今的情况下：就只有玛蒂尔德。售货员姑娘不无欢喜地聆听着马克和约瑟芬重逢的种种。她很乐意看着这位她真心喜爱的女人（毕竟是她雇用的自己）手舞足蹈地讲故事，仿佛是个与自己同龄的年轻女孩。

次夜，约瑟芬又搜寻着自己的记忆，努力回忆把信放在了哪里。离婚之后，她把好几箱东西运到了克罗宗，但她记得自己留下了收藏的唱片。她犹豫过是否要继续保存这些东西，毕竟已经没有唱片机可以听了，但黑胶唱片总是让她想到少女时光。只需注视着那一张张唱片的卡套，就能立即被勾起一段回忆。在梦里，她看到自己将父亲的信塞进了某一张唱片的卡套里；她在三十多年前做了这个动作，并告诉自己："有一天，我会重听这张唱片，那时，我就会惊讶地发现这封信。"是的，她确定自己这么做了。但在哪张唱片里呢？她向玛蒂尔德宣布，自己要回家去听她的那些旧黑胶唱片。售货员姑娘看起来并不为此惊讶，就好像过去这些天已经让她对老板的异常举止司空见惯。

11

在回家的路上，约瑟芬想到了披头士和平克·弗洛伊德①，鲍勃·迪伦和阿兰·苏雄②，詹尼斯·乔普林③和米歇尔·贝吉④，

---

① Pink Floyd，英国摇滚乐队。
② Alain Souchon(1944—)，法国男歌手。
③ Janis Joplin(1943—1970)，美国女歌手。
④ Michel Berger(1947—1992)，法国男歌手。

还有许许多多的其他歌手。为什么她不再听音乐了呢？在店里，她有时候会放“怀旧电台”[1]当作背景音乐，但并没有真的去听，只是为了营造气氛。她回想起当初，每买到一张新的33转黑胶唱片时她都狂喜不已，想要第一时间就打开来听。当她听唱片时，便心无旁骛地听；她会坐在床上，注视着唱片封面，任由自己沉浸在音乐之中。而所有这一切都结束了。她结婚了，生了两个女儿，不再听她的唱片。之后，CD时代到了，科技的进步俨然成为她放弃音乐的正当理由。

一回到家，她便下到地下室去取那两箱唱片，箱子上已积满灰尘。自然，她迫不及待地想要找到那封信，但在检视这些唱片时，她感受到一种前所未有的快乐，因此，她慢悠悠地端详着一张张封面。每一张唱片都代表着一段回忆，一个时刻，一种情绪。她翻看自己的收藏，眼前浮现出人生中的那些瞬间，那些深沉的感伤，和掺杂其间的无故的欢笑。她把唱片悉数打开，希望能够找到信件；过去，她喜欢在唱片封套里塞上小字条、电影票根和其他能这样放

① Radio Nostalgie，法国广播电台，多播放2000年以前的歌曲。

上很多年的小纸片，把它们藏在音乐里，等待它们在某一天重新出现。她的生活被一片一片地重新拼凑起来；所有散落在过去时光里的约瑟芬相逢相聚，交汇在怀旧的心情里，而就是在这里，在这怀旧之情的中心，她找到了父亲的信。

它被藏在了芭芭拉①的专辑《生之痛》中。为何她将父亲的信插在了这张唱片里？尽管她理应立即打开信，但还是停留了片刻，凝视这张黑胶唱片。那首美妙的歌曲《哥廷根》便收录于这张专辑。约瑟芬记得自己曾那样反复地听这首歌；她曾狂热地崇拜过这位充满了黑暗力量的女歌手。那是一阵短暂的着迷，就像大多数青春期的激情一般昙花一现，但芭芭拉忧伤的旋律伴随了她好几个月的时间。她在手机上下载了《哥廷根》，立刻听了起来，任由自己随着音乐而摇摆：

自然了我们，我们有塞纳河

还有那宛塞纳森林②

但那些玫瑰多么美丽

---

① Barbara(1930—1997)，原名莫妮卡·安德烈·塞尔芙(Monique Andrée Serf)，法国女歌手。

② Le bois de Vincennes，巴黎郊区的一片森林。

在哥廷根，在哥廷根。

我们，我们有天色微白的清晨
还有魏尔伦那阴郁的心灵
而他们也有着同样的忧伤
在哥廷根，在哥廷根。

芭芭拉向这座城市，尤其是向德国人民致以最崇高的敬意。在一九六四年，这是个意义重大的举动。女歌手曾犹豫了许久，作为一个犹太人，她曾在幼时躲避过战乱，而此时是否要去这个敌人的国度登台演出。初到时，她的态度并不友好。她因为对方准备的钢琴大发脾气，还在演唱会上迟到了两小时。但这一切没有造成任何影响，迎接她的是热烈的欢呼和喜爱。组织方全心全力保证她的来访一切顺利。女歌手从来没有受到过这样的接待，她感动得热泪盈眶。她决定延长行程，并写下了这几行比任何演讲都要有力量的歌词。约瑟芬对这首歌背后的故事一无所知，但这段回转往复的旋律让她心旌摇荡，就像音乐在拥着她旋转摇曳。或许正是因为这一点，她将父亲唯一的一封信塞进这张唱片的封套里。听着芭芭拉的歌曲，她重新读起了四十年之前写下的文字。父亲自死亡的虚无中显现出来，在她耳边悄声低语。

回店铺的时候，约瑟芬决定将信放在她惯常放现金的小盒子里。这个下午继续着疯狂的节奏，店里来了比往常多得多的顾客；这一天的一切都非同寻常，让人应接不暇。从方方面面来说，最近这几个星期都与之前截然不同，就好像总有一天，生活会变本加厉地弥补上之前所有的空白和平淡。

这天晚上，马克来店铺前找约瑟芬。玛蒂尔德暗暗观察着这个她不停听说的男人。她完全没有想到他是这副模样。她从老板讲述的种种桥段中拼凑出了一个马克，但与眼前在人行道上抽着烟等人的这位全然不同。她本能地更加喜爱不存在的那个人；那个她根据约瑟芬的讲述创造出来的男人。

12

用完晚餐之后，这对别后重逢的情侣来到了马克家。约瑟芬更喜欢他们睡在他家。想到要邀请他来自己家,她就感觉不自在,就好像她的公寓将把她完全暴露。她告诉马克自己找到信的事。她很高兴能够跟他一同分享这个重要的时刻;他显得十分激动,一再地说这部小说的故事真是精彩绝伦,然后补充道:

"正如我们的重逢……"

"是的。"

"你喜欢理查德·伯顿[①]吗?"马克毫无来由地问道。

"那是谁?"

"理查德·伯顿,一个演员。"

"哦对,那个演过《埃及艳后》的。伊丽莎白·泰勒的丈夫。你为什么问我这个问题?"

"你知道吗,他们结过婚又离婚了……后来他们再一次结婚……"

"……"

---

① Richard Burton(1925—1984),英国男演员。

他想说什么？这是在又一次向她求婚吗？自从他们开始一起过夜，她自己便暗暗决定，不要对未来有任何幻想。只管跟着这突如其来的快乐走。最后，马克开口道：

“你什么都没有说。”

“……”约瑟芬确认了这一点。

马克牵起约瑟芬的手，想带她到床上去，但她更希望留在沙发上。此刻的感受让她静止不动。她突然开始哭泣。这便是眼泪的美丽之处；它可以同时蕴含相反的两种意义。我们可以因为痛苦而哭泣，也可以因为喜悦而落泪。很少有一个行为可以这样集对立于一体，实实在在地诠释什么叫作混淆。但就在这一刻，约瑟芬的手触到了沙发坐垫下的一块布。她低下头，发现了一件女人的内裤。

“这是什么？”

“我不知道。”他一边尴尬地说道，一边抓住那条内裤。

约瑟芬留给他解释的机会。他不懂它为什么会出现在这里。它应该是滑了进去，又因为他们坐在这里重新露了出来。太荒谬了，或许应该大笑一场。

“你还在见她吗?”约瑟芬问道。

“没有,当然没有了。”

“你为什么要对我说谎?”

“没有,我说的是实话。”

“有什么能证明这一点?”

“我向你保证。我几个月没见她了。我们不欢而散。她在这里生活了很久。所以,有可能这条内裤藏在了沙发的缝隙里没被发现。”

“……”

“求求你了,不要胡思乱想。”

马克说出这些话,语气无比肯定。但约瑟芬仍然觉得眼前的状况十分令人不快。就在他们谈论复婚的这一刻,过去的幽灵出现在眼前,还附身在一条内裤之上。是否应该从中读出某种征兆?马克继续他的独角戏,努力把这场意外的伤害降到最低。他把内裤扔出窗外,用戏剧化又滑稽的方式将它彻底摆脱。约瑟芬同意不再继续这个话题。然而,复婚的事今晚是不可能再提了。

13

这一夜，她没办法入眠。在沙发坐垫下发现的那块小小的布让她睡不着觉；她一刻不停地想着这件事。马克睡在她身旁，和往常一样时而打呼，时而安静（他在睡眠中有着两面）。在他旁边的床头柜上，放着他的手机；打开手机读信息的念头占据了约瑟芬的脑海。他们还是夫妻的时候，她从来都没有翻过他的东西，甚至在最有理由怀疑的那些日子里；这并不全然出于信任，而是因为尊重另一半的自由。但这一夜，一切在她看来似乎不一样了。她已经五十岁，不能再做出错误的选择了。他想要再一次娶她；她不能就这样不闻不问、满腔热血地冲进婚姻。

她悄悄地起身，取到手机。她拿着手机，将自己关在浴室里。真蠢，他当然是把手机锁上了。她试了一个密码，但是不对。他自然不会用她的生日当密码。她又试了另外两个。这样千方百计地想要看他的短信真可笑；她比谁都要更加了解他。他们一起生活了近三十年，生了两个女儿：她希望能找到点什么呢？她了解他的优点和缺点，而且这两者常常是相互联系的。她在一篇文章里读到，越来越多的夫妻选择了复合。与旧日恋人重新走到一起，知根知底地再度生活，这不再是什么罕见的事情了。她不会再对马克失望了；因为她过去已经失望过太多次。她一边这样试图用理智说服自己，一边却停不下来寻找密码。马克爱他们的女儿，常常去柏林看她们。或许他只是用了她们俩的出生日期，两个数字组合在一起，15 和 18。

于是她试了“1518”，手机解锁了。

约瑟芬目瞪口呆。她从来没想过能如此轻易地找到密码。她凭借的是看来全无希望的一股直觉。但不，命运自有安排，事情注定会如此发展。在门的另一边，她一直能听到马克重重的呼吸声。她点下“信息”图标，看到波利娜的名字出现在眼前；这是个她一直拒绝念出的名字；她对这个女人恨之入骨，却无法判断这种疯狂的仇恨是不是她应得的。但首先可以确认的一点便是：马克撒谎了。他还在与她联系。而且最近的一条信息就发自这一天、这一晚。

约瑟芬坐在浴室的地上，感觉到一阵眩晕。还要继续吗？她的不安立即消失得无影无踪，取而代之的是冷冰冰的愤怒。她读了所有的信息，他们发了那么多的信息，有谈情说爱的，有承诺马上重聚的，还有提到计划进行得十分完美的。而这计划，就是她。但是什么计划？为什么？她不明白。这一切变得太过疯狂。她开始无法控制自己的呼吸，身体变得不听使唤，她无法再抑制在她身上四处蔓延的怒火。

在这一刻，马克敲响了门。

“你在吗？亲爱的？”

“……”

“你在干什么？”

“……”

“没事吧？我很担心。给我开门。”

马克听到约瑟芬的呼吸声，就像窒息了一样。发生了什么？她一定是生了什么病。

“你不开门的话，我就打电话给消防员了。”

“不要。”她冷冷地说。

“发生了什么？”

“……”

约瑟芬的双眼一直盯着手机，她读到了谈论钱的信息。突然，一切都不言自明了。她浑身颤抖，再也听不见马克的哀求声。他求她开门，求她回答他，求她解释到底是怎么回事。她能做什么呢？打开门，用尽全力打他，还是一言不发地离开。她是那样痛苦，她觉得自己无法面对他。她站起身，往脸上扑了点水。最后，她走出门，走向沙发，她之前把自己的东西放在了那里。

“到底发生了什么？我都快急死了。”

“……”

“你在干什么？为什么你要穿衣服？”

“……”

“你不想回答我。但快告诉我啊！”

“你自己去浴室看吧，放开我。”约瑟芬回答道。

马克照做了，立即看到自己的手机放在瓷砖上。他旋即转头来到约瑟芬身边，哀求道：

“求求你了，原谅我。我太羞愧了……”

“……”

“好几天来，我都想要告诉你这件事。真的，我想告诉你的。

因为和你在一起,一切都棒极了,我感觉非常好。"

"闭嘴。我就要求你这一件事:闭嘴。我走了,我再也不想看见你。"

突然,马克抓住约瑟芬的手臂,向她苦苦恳求。她一把将他甩开。她被他的伎俩激怒,彻底爆发了:

"到底为什么?你为什么要这样对我?你怎么能这样?"

"我遇到了很严重的问题。我一分钱也没有了。全部没有了……我知道你会变得很有钱……"

"你想要娶我,拿走我的钱……再回到你那个婊子身边?你知道自己在说什么吗?"

"我犯糊涂了。我彻底昏了头。是的,我意识到了。我很……卑鄙。"

"为什么我会为了你受这么多折磨?"

"……"

马克开始哭泣;这是约瑟芬第一次看到他流泪。他看完任何戏眼睛都是干的。但这没有用。她一言不发地离开了,任由他继续陷在自己的低劣中不可自拔。一走出门,她就试图打车,但没有打到。于是，她在深夜里游荡了将近一个钟头。

约瑟芬花了许多年的时间重新站起来，就在几近成功的时候，马克又一次摧毁了她。一切都是因为那部该死的小说。父亲生前从来没有拥抱过她，如今又在身后留下了一本埋下祸根的小说，她受了这么多年的苦，却还没有到尽头。还要再继续坚持一会儿；还要经历爱情故事的最后时分，就好像垂死的痛苦还没有彻底终结。

14

第二天早上，她等玛蒂尔德到了店里，告诉她自己会离开一段时间。

15

卢歇全神贯注地听完了玛蒂尔德的叙述，希望能够从中挖掘到一点对调查有用的关键信息。自然了，他听到的只是售货员姑娘所知道的一切，也就是说，只是约瑟芬生活里发生的戏剧化事件的不完整版本。然而，在她叙述的事情里，有一个重要事实：彼克写的那封信。卢歇决定不直入主题(他准备等到第二个问题)：

“所以，之后就没有新进展了吗？”他问道。

“没有了。我试过给她打电话，她开了自动应答。”

“那封信呢？”

“什么信？”

“她父亲的信。她把它带走了吗？”

“没有，信还在盒子里。”

玛蒂尔德说出这句话，完全没有意识到它对让-米歇尔的重要性。他离彼克的笔迹只有几米远①。玛蒂尔德用戏谑的眼神打量着她这一夜的同伴。

“都还好吧？”她问道。

“是的，还好。我想我得点杯啤酒。喝巴黎水太压抑了。”

玛蒂尔德笑了。她喜欢这位长相略显怪异的年长男子的陪伴；如果说初次接触时，他还挺让人反感的，近距离观察时，却能感

① 克里斯托弗·哥伦布准备抬脚踏上美洲新大陆了。——原注

觉到他身上的某种魅力(或者是酒精的作用)。她越来越被他打动,他总是显得十分惊奇,这是个不断对生活发出赞叹的男人。他拥有一种专属于幸存者的能量,能够随随便便就感到满足。

他不敢直视玛蒂尔德,宁愿对着面前的电线杆讲话;比起年轻女孩的脸庞,他能够更加自如地描述电线杆。他开始觉得自己非常失礼,竟然让女孩在他这里耗费了这么多时间。但她却向他坦承:“我在这座城市里一个人也不认识。”要让一个女孩跟我一起待上一个小时,这是个基本条件,他想。之前,他总是妙语连珠,口若悬河;而如今,他吐出每个字之前都要好好掂量一番,以至于变得结结巴巴。职业生涯的失败使他不再同过去那样自信满满。幸好,他遇见了布丽吉特;他爱过她;不管怎样,他自认为一直爱着她。看来,渐行渐远的那个人是她。他们不再做爱,那让他感到怀念。出于某种奇怪的心理,让-米歇尔和玛蒂尔德聊得越多,就越感觉与布丽吉特亲近。这不妨碍他对眼前的年轻女孩拥有欲望,但是,他的心依旧属于那辆被剐蹭了两次的小汽车的主人。

将近午夜时分,卢歇终于鼓起勇气,请求玛蒂尔德去取出那封信。

“我应该征得约瑟芬的同意,不是吗?”

“求求你了。给我看吧……”

“那样做是不对的……不管怎么说。”她补充道,然后爆发出一阵狂笑。这一刻尽管至关重要,事实上却是酒精上头的结果。玛蒂尔德又说道:

“好吧,我同意了,卢歇先生。我同意……但如果我遇上麻烦,我就说是你逼我的。”

“是的,没问题。就说是像持枪抢劫一样。”

“或者是以内衣相要挟!”

“这完全说不通……”

“是的,我承认……”玛蒂尔德一边总结道,一边站起身来。

记者盯着她离去的背影,在心里赞叹着她的身姿,尽管经历了漫长的一天,又喝了一夜的啤酒,她的步伐还是那样优雅和精确。两分钟后,她回来了,手里拿着一封信。卢歇取了信,小心地将它打开。他立即开始读信。一连读了好几遍。然后他抬起头。如今,一切都很明白了。

16

玛蒂尔德不想打扰全神贯注的记者。他看起来已经陷入沉思。这时候,夜晚的凉风已让他清醒了许多。过了一会儿,她终于问道:

“所以呢?”

“……”

“你怎么看?”

“……”

“你什么都不想对我说吗?”

“谢谢。真的,谢谢。”

“不用客气。”

“我可以留着这封信吗?”卢歇壮胆问道。

“不可以。这就太过了。我不能那么做。我能感觉到,这封信对于她来说非常重要。”

“那么,让我复印一份吧。店里应该有复印机吧?”

“你简直是没完了!”

"这句话别人可不经常对我说。"他微笑着回答。

很难说清楚,他们是从第几杯酒开始彼此以你相称的,但他们的的确确相处得十分融洽。即使喝的是水,他们一定也能建立起这样的默契。他们买了单,一起走回店铺。在午夜幽暗的光线里,卢歇被店里的模特吓得不轻。他觉得,似乎就在他们进门前,她们还在聊天。有人在的时候,她们保持静止不动,但其余的时间,她们都在讨论如何出逃。为什么在这么关键的时刻,他会任由自己这样想东想西呢?玛蒂尔德刚刚复印好了信件。如今,他有了这封信的复印件。

17

出了门,卢歇终于想到旅行的实际问题。他没有订酒店。他问玛蒂尔德是否知道附近的酒店。

"不要太贵的。"他紧接着补充道。

"你可以住我家,如果你愿意的话……"

卢歇不知该如何作答。她的话到底意味着什么?最后,他决

定送她回家,给自己留时间好好思考。一到她家门口,他就对她说道:

“你不应该就这样邀请陌生人去你家睡觉……”

“你已经不算是个陌生人了。”

“我也有可能是个精神病。毕竟,我做了这么多年的文学评论。”

“那你呢,你就不应该保持警惕吗?谁告诉你我不会把你这样的抑郁老头给杀掉?”

“这倒不假。”

他们继续在车里调笑了一会儿。在已经分不清是暧昧还是单纯的友情的这一夜,事情有了个俗套的收尾。玛蒂尔德想要什么?她只不过是受够了一个人待着罢了。最后,卢歇决定还是不上去。这并非是因为灵魂战胜了肉体,只不过是一个让他自己感到满意的理智选择。几分钟里,他对眼前的状况不停地来回纠结,止不住地想着布丽吉特。最终的结论是:他和她的故事还没结束。尽管最近遇到了许多困难,他却并不服输。他爱她,并且或许在这一刻更甚。自然,他本可以去玛蒂尔德家,也许什么都不会发生;而且这也是最有可能出现的状况。但心知她如此美丽,又如此近在咫尺,他将整夜都将无法合眼。不,还是留在车里好些。他可以在后排座位睡觉,在彼克信件的复印件边上入眠。毕竟,他应该专注于自己此行的任务。

18

他们拥抱了许久。玛蒂尔德上楼回了家,让-米歇尔心想,他再也不会见到她了。

19

一开始,艾尔维·玛鲁图并未感到任何异样。他只是觉得比前几天累了一些,但毕竟,他已经上了年纪,而且发行员的工作一点都不轻松。更不用提日益增加的压力。出版的文学作品越来越多,需要奋战一番才能让自己推销的书籍挤上书店的醒目位置,或者是最佳选择:陈列在橱窗里。由于对自己负责的区域十分熟悉，并且用心维护着众多关系，一直以来，玛鲁图都是广受欣赏的专业人士。每每在所有人之前抢先读到一本书，或者早在出版以前就收到样书以便进行介绍，他都能感受到同样的激动。他被格拉塞那位年轻的女编辑感召着，将出版社上下对彼克小说的热情传播开来。成果是多么的辉煌！小说销量节节攀升，持续着非凡的热度。艾尔维刚刚收到邀请，参加这本小说的庆祝晚宴；这让他十分开心。在一本书出版伊始，发行员总是被千方百计讨好追捧的角色，而当这本书真正获得成功时，人们却很少想到邀请他们一起庆祝。在这一夜，这场非比寻常的文学奇遇将到达高潮，而发行员遭受的冷遇也终于得到了弥补。

持续了几个星期之后，他不得不承认，自己的疲倦并不正常。一天早上，他起床时吐了一场，接下来的一整天都头痛欲裂。他的背也很痛，而且是一种奇怪的疼法，就好像腰椎在被灼烧一样。很久以来的第一次，他取消了所有约会，因为他既无法开车，也说不了话。于是，他在南锡的美居酒店住下，并决定去看医生。他拨了好几通电话才预约上门诊。走进等待室，他全无心思翻阅散在桌上的旧杂志。他一心只想止住病痛。尽管早上什么也没吃，他仍觉自己想要呕吐。他的身体打着冷战,但同时又觉得燥热。一切都莫名其妙;他身体的种种感觉完全乱了套,就好像有两支军队在四肢间拼杀。渐渐地,他失去了对时间的概念。他在这儿已经等了多久?

终于,他的号被叫到了。医生脸色蜡黄,看起来弱不禁风。有谁会想找一个奄奄一息的人看病?医生机械地问了他几个问题。一些关于病人的病史和家族遗传的基本问题。玛鲁图倍感慰藉,有人听他诉说病痛,医生会查出他得的是什么病。吞几粒药片,再休息一下,他很快就能继续工作了。他马上要去大书堂①,他特别喜爱这家书店;他们对他十分信赖,直接订购了一百本彼克的小说。

"您能咳嗽一下吗?"医生问道。

"我没办法,我感觉不舒服。"他喘息着说道。

"是的,您的呼吸很困难。"

"您怎么看?"

---

① Hall du livre,南锡本地一家书店。

“您需要做一些更深入的检查。”

“我能几天之后再做吗？等我回巴黎之后？”玛鲁图问道。

“呃……还是尽早为好……”医生为难地说道。

几个小时之后，在南锡大学医疗中心，玛鲁图上半身赤裸，躺在一块冰冷的床板上。首先要做一系列的检查。然后是另外一系列。这可不是个好兆头。医生们不断地想要确诊。如果一切正常，那么很快就该知道结果了。确诊，确认的往往是病情的严重程度。根本没必要拐弯抹角，医生脸上的表情他看得清清楚楚。最后，他们问他是否想要知道真相。他能回答什么呢？“不，我做了检查，但是什么都不要对我说。”当然了，他想知道。看起来更像是他对面的那个男人不想告诉他。人们成为医生可不是为了享受宣告死期时的快感。

“还有多久？”他问道。

“很快……”

很快是什么意思？一天，一个星期，一年？对于他来说，很快意味着几个月，而说到底，没有任何区别；这一宣告为他的生命画上了句点。他比往常更想念他的妻子。她在三十四岁时死于癌症，就在他们尝试要小孩的时候。在工作场合，没有人知道这件事。在那之后，玛鲁图过上了发行员四处漂泊的生活，因为他决心已定，不再与任何人走进婚姻。二十年后，他在似曾相识的场景中与她重逢。但有一个重大区别：这次是他一个人面对恐惧。上一次，他能够牵住妻子的手，他们相爱到了她生命的最后一刻，他永远都忘不了他们爱情故事的最后时分，矛盾的是，那是宁静祥和的时分。一切都不再重要，只剩下一个男人疯狂的爱，他正陪着妻子迎接死神的到来。她会在彼岸等待他吗？他并不这么认为。她的身体早已分解腐化，正如他的身体马上也要开始的那样。

20

在格拉塞组织庆祝晚宴的当天，玛鲁图感到自己必须勉力参加；和朋友同事重逢一定会对他有好处。他应当尽力活下去。谁知道呢？或许他可以赶走病魔，就好像有人曾做到的那样。但他没有斗争的精力；他孤身一人，任由自己随波逐流至生命的最后一日，只求能够尽可能地少受一些折磨。

他感觉十分疲累，想要坐在大厅的最后面，和人群保持些距离。走过吧台的时候，他向女服务员点了杯威士忌。这场欢庆酒会俨然已有了将近尾声的婚礼气氛，此时不过晚上八点不到，每个人脸上都已带了几分微醺。玛鲁图坐在角落里，此时，来了一位面色阴郁的男人。

"晚上好，我可以坐在这里吗？"

"当然。"玛鲁图回答道。

"我是卢歇。"眼前的男人立即自我介绍。

"啊，我没认出您来。我记得您的文章。"

"您希望我坐到别处去吗？"

"不，一点都不。我是玛鲁图，艾尔维·玛鲁图。很高兴认识您。"

"很高兴认识您。"

两个男人握了握手，这是两只绵软无力的手，握在一起的模样更是神经兮兮、萎靡不振。

他们聊了几句两个人的共同点：他们都在喝威士忌。

"您呢，"卢歇问道，"您是做什么的？"

"我在格拉塞工作。我是一名发行员，负责法国东部。"

“听起来很有趣。”

“我马上就要停止工作了。”

“啊？您要退休了吗？”

“不，我要死了。”

“……”

卢歇吓得面色惨白，然后嗫嚅着道歉。玛鲁图又接着说：

“对不起，我不知道我为什么要和您说这个。而且，没有人知道。我平常从不讲这事。可刚才，我就那么一下子脱口而出了。您真不走运撞上了。”

“千万别说对不起。这当然很重要……您能把事情说出来。我在这儿陪着您，如果您愿意的话……好吧，我也算不上是个欢乐的伙伴。”

“为什么这么说？”

“不，这很荒谬。您告诉我您要去世了，我不能再和您念叨我的麻烦事。”

“请您讲讲吧。”玛鲁图坚持道。

卢歇觉得眼前的状况很荒唐；他要讲述自己的不幸遭遇，好给一个将死之人解闷。几天来,他的生活发生了奇特的转变;他觉得自己简直像是小说里的人物。

“是我的妻子,”卢歇讲了起来,又突然停下。

“什么? 您的妻子?”

“好吧,这只是一种说法罢了。我们没有结婚。”

“然后呢?”玛鲁图催促道。

“她刚刚离开了我。”

“这下该我说抱歉了。你们在一起很久了吗?”

“三年。我们在一起的时光也称不上有多幸福,但我相信我是爱她的。好吧,我也不知道了。但我很依赖她,依赖我们的感情,全凭她,我才能坚持下去。”

“我不知道这么问会不会冒犯到您:她为什么决定离开您?”

“因为她的车。”

21

用这种说法来做总结未免有些粗莽,但也不是全然错误。在沃尔沃里睡了一夜之后，卢歇决定回巴黎。至少从目前来看，他拿到的信件对他的调查来说已然足够。这是个关键要素。他边开车，边回想着和玛蒂尔德度过的夜晚，心中满是喜悦。应该警惕这种时刻的，他在事后回想，就好像一旦向幸福敞开胸怀，他便会立即变得脆弱易伤。

回到家，他好好休息了一下午，在迎接布丽吉特前洗了个澡。当她回来时，他立即就想和她分享自己的重大发现，但她似乎不感兴趣。他感到十分失望。卢歇一直梦想着能找回和她的默契，找到一个能引起二人热烈讨论的共同话题。在这个揭秘作者的故事里，他形单影只，好不孤独。比起这件事，她更想要问他：

“车呢，没事吧？”

“……”

“为什么你不回答我？”

“不为什么。”

“发生了什么？”

“没有。几乎没有。”

“你把车停在哪里了？”

两个人一起下了楼，一前一后；俨然是行刑的气氛。看到车的状况，布丽吉特惊呆了。这不是什么大问题，很容易就能修好，让-米歇尔争辩道。在其他情形下，这样的事故或许没那么要紧，但由于他们的关系本来就每况愈下，她将其视作一个信号。她决定信任他，而结果就是这样。布丽吉特凝视了片刻那两道划痕，仿佛车身代表着她的心。突然之间，她感到疲倦不堪，因为她并没有像自己希望的那样被爱着。

“我们还是分手吧。”

“什么？你不会因为一条划痕就离开我吧？”

“有两条。”

“这不重要。我们不能因为这个就分手。”

“我离开你是因为我不爱你了。”

“如果我坐的是火车，我们还会在一起是吗？”

“……”

与玛蒂尔德的那一晚之后，卢歇清楚地意识到了自己对布丽吉特的爱；但已为时太晚。她一点一点地累积起太多的失望。两人如今正度过属于他们的最后时分。让-米歇尔仍抱有幻想，觉得一切都会过去;但布丽吉特的目光已不留任何迟疑的余地。乞求缓刑也无济于事。一切都结束了。他感到自己体内某个地方被狠狠地灼伤了,这让他十分惊讶。他已在一次次的磨炼之后变得愈来愈冷酷,没有想到自己的心还能够流血。

22

在听了卢歇的叙述之后,玛鲁图同意,这是个让人难以接受的分手理由。但记者又为布丽吉特开脱,他回忆起过去,在眼见就要崩溃之时,是她挽回了他的生命。他没办法去恨她。讲到这里,他们又喝了一杯威士忌,然后谈起了彼克。

“所以您调查了这件事?”玛鲁图问道。

“是的。”

“您觉得他不是这本书的作者?”

“不是我觉得,是我知道。”卢歇压低嗓门肯定道,就好像他刚刚揭露了一件将会危及全球地缘政治平衡的国家大事。

两个人越是感受到晚宴的欢庆气氛,就越是萎靡不振地瘫在

扶手椅上。有时候,他人的欢乐会加剧你的惶恐。一个女人从他们身旁经过:

“你们俩让我想到伍迪·艾伦和马丁·兰道[①],在电影《欢情太暂》的结尾。”

“啊,谢谢。”卢歇回答道,不知道这是不是句称赞。他不记得这部电影了。至于玛鲁图,他清楚地知道自己没看过;比起去电影院,他总是更喜欢读书。但事到如今,他喜欢什么还重要吗?现在,所有他看过、喜欢过、为之辩护过的书,都化为一堆费解的文字;对他来说,它们不再有任何美好之处。而生活本身也在他眼中成为了怪诞的存在。

“我去再给我们找两杯威士忌来。”卢歇说。

“这个主意太棒了……”他这一夜的从犯回答道,后者已经听不大清自己的声音。玛鲁图的耳边混沌一片:一阵嗡嗡声让他分不清外界的声音和自己脑子里的想法。格拉塞出版社老板奥利维·诺拉正在发表一篇简短的演讲,以感谢每个人的工作,特别是

---

① Martin Landau(1928—　),美国男演员。

黛尔菲·德斯佩罗。玛鲁图认出了那位年轻的女编辑,她看起来深受感动,因为自己是今晚众人关注的焦点;每个人都注视着她。有史以来第一次,她不再像往常那样镇定自若。这反而让她看起来更加动人。她的老板让她说几句话。尽管她应该准备过自己的演讲,却仍说得有些磕磕绊绊。所有人都在看她,她的亲友也是。她的父母在现场,当然还有弗雷德里克,他正向她投以灿烂的微笑。这场小说的庆祝活动只缺了一位作者的家人代表。约瑟芬本来要担任这一角色,却没有来。怎么都联系不上她。

玛鲁图远远地坐着,虽然视线有些模糊,但仍观察着这一切。他觉得黛尔菲看起来像是一个披着大号女装的少女。他突然站起来,激动地走向她。他没有听见卢歇在问他去哪里。几个人回头看向他,这个男人正以一种夸张的方式穿过听众席;这个男人突然夺过了黛尔菲的麦克风,然后说道:“好了,都够了！所有人都知道写出这本书的不是彼克!”

第八部分

1

这一爆炸消息登上了第二天的报纸,同时也点燃了社交网络上的激烈讨论。阴谋论爱好者们雀跃不已。人们总是很容易便倾向于不相信官方版本。格拉塞出版社的老板认为一点小小的争议不算什么,还能再给小说增加些热度,但他断然拒绝《爱情故事的最后时分》的作者另有他人的假设。小说家弗雷德里克·贝比德趁机跳了出来,发表了一篇专栏文章:《彼克,就是我!》。毕竟,小说出版自他签约的出版社。而且,他是个俄罗斯通(他曾将自己一部小说的背景安排在了那里),他当然熟悉普希金。在某种程度上,这种可能性是存在的。记者们围着他转了几天,而他则借此大肆宣传自己马上就要出版的新小说。营销策略十分重要。于是,没有人能再忽略他的存在,甚至连小说的题目也变得众所周知:

《友谊(同样)持续三年》。

自然,他没有写彼克的小说。而且没有什么能证明玛鲁图在酒会上激烈的宣言是真的。有人说,那一夜他喝得酩酊大醉,被记者让-米歇尔·卢歇影响了。于是,大家疯狂的热情转移到了后者身上。有传闻说,他知道事件的真相。卢歇拒绝了所有请他解释自己立场的要求。多么讽刺,他曾在巴黎人见人嫌,现在却又重新变为关注的焦点。那些过去已不接他电话的人如今又兴冲冲地约他见面。但起初的快感迅速转变为对这场尔虞我诈把戏的厌恶。他决定守口如瓶。他手里掌握着彼克的信,那或许是这个男人唯一写过的东西;他不会随随便便就把它交给追着他的那群人。

这不仅是为了报仇:虽然胸有成竹,但在完全揭开真相之前,他不想透露任何口风。这是他的任务,如果想要圆满完成,他就应该从此谨言慎行。玛鲁图的脱口而出让事情变得复杂起来。他对彼克背后的真实作者有了一个猜想;但他不能再和任何人讲;不能是另外一个行将就木的醉鬼。唯一可以让他吐露真相的是布丽吉特。但她已经不再听他说话了。分手以来,她再也不接他的电话。在她的语音信箱里,他留下了各种各样的信息,用了各种各样的语气,从幽默到绝望,什么都试过,但都无济于事。在街头闲逛的时候,他会格外注意沃尔沃。这是排在彼克之后,萦绕在他心头的第二个执念。每看见一辆,他就会马上查看车身状况;一辆都没有被剐蹭。于是他得出结论,所有人都在被好好爱着,除了他以外。

2

这一次,卢歇乘了火车。他一直喜爱这种方便阅读的出行方式。为什么他上次没有选择乘火车呢？他可以沉浸在思考之中,而不用担心蹭到车。他可以趁此机会继续阅读波拉尼奥的小说。这是一次十分特别的体验。卢歇是德语文学的行家,此刻却深深着迷于《2666》中激荡人心的叙述,着迷于同一庞大体系内几个独立章节之间的呼应与联系。在迷宫般的叙述里,故事与故事相互交错纠缠。他在脑海中组建了两条队伍：马尔克斯、博尔赫斯和波拉尼奥一队,对战卡夫卡、托马斯·曼和穆齐尔。在他们中间,有一个在两个世界之间摇摆不定的男人,他心目中的仲裁人：贡布罗维奇。记者沉浸在这场文学之战的遐思中,用书页里的一个个标点重写了一个世纪的历史。

突然之间,一切都显得理所当然:他要去一家图书馆。

为什么他没写过小说?其实,他试过好几次。几页又几页,都是徒劳无功的尝试。之后,他就开始评论别人的作品,总是十分严厉。尽管出版一部自己的小说已是不可能的事情,但他读到的那些东西也同样蹩脚。在翻看某些作品的时候,他总是不断自问:为何不是我呢?在这条漫长道路的尽头,在渴望和失望反反复复交替的最后,卢歇最终决定放弃。承认自己没有写作才能几乎让他松了一口气。之前,他都沉浸在未完成的沉重气氛里,觉得自己尚未实现抱负。或许正因如此,退稿图书馆引起了他如此强烈的共鸣。他是那样的懂得什么叫作放弃。

3

在克罗宗,这一天,下着倾盆大雨。什么也看不见,这里和其他任何地方之间失去了差别。

4

卢歇打不到车,只能在车站等着雨停。他坐在三明治店边上,受到路人的纷纷侧目。他不知道,几个路人把他当成了乞丐。这主要是因为他那件破破烂烂的防水风衣。卢歇一直很喜欢穿这件风衣,他觉得自己像一部未完成的小说。他本来可以换掉它,布丽吉特向他提议了好几次去逛街买衣服[①]。她对他说商店正在打折,但无济于事,他宁愿同身上这块行将就木的布料生死一世。

如今,布丽吉特离开了他,但他还穿着同一件风衣。这个想法让他自觉可笑。拥有这件衣服以来,他认识过多少个女人了?这过程里的每一分每一秒他都记得,在布料的丝丝缕缕之间,他能够重新编织起这几年的感情生活。他能回想起与朱斯蒂娜在一起的时光,想起那时,他曾将它挂在巴黎一家时髦小餐馆的衣架上;能回想起和伊莎贝拉一同去爱尔兰的旅行,想起这件外套曾帮他将风挡得严严实实;最后,是和布丽吉特关于它的那些争论。就在他

① 这无疑是他在这个世界上最讨厌的活动,和做任何运动排名不相上下;想到要走进一家 Zara 或是 H&M,特别是想到那里的音乐,他就难受得要疯掉。——原注

沉浸于和风衣共度的回忆里的时候，时间不知不觉地过去了，克罗宗的雨也停了。

5

图书馆步行便可到达。一边走，卢歇一边想着将他引至此处的前后种种。他查阅了有关这个奇特的退稿征集计划的资料。他获得了一些关于让-皮埃尔·古尔维克的信息。并且，他读了理查德·布劳提根的《堕胎》。总体来说，卢歇对美国文学并不喜爱。菲利普·罗斯是他眼里的唯一例外。在写每周专栏的时候，他抨击过布莱特·伊斯顿·埃利斯[1]，认为他是“本世纪最徒有其名的作家”。多傻啊，他如今懊悔不已，自己那时写了那么多蠢话，为了抖机灵而夸夸其谈、言之凿凿。他否认的并非自己的看法，而是当时的表达方式。有时，他会想要重写那些文章。这便是卢歇，一个尤为慢热的男人，总是要慢上好几拍才能领悟到如何做才是最好

[1] Bret Easton Ellis(1964—　)，美国编剧、制片人。

的。在处理与其他人的关系时也是一样;在他的心里,藏着一段讲给布丽吉特听的独白,当时却没来得及说出口。但是,在去往图书馆的路上,他终于体会到了活在当下的感受。此刻,他所在之处便是他应在之所。

他信心满怀,却惨遭打击。心中的兴奋和眼前的现实总是彼此脱节。直白些说:图书馆大门紧闭。门上写着:

一段日子后回来。

感谢理解。

玛嘉利·克罗泽

克罗宗图书馆负责人

情况和约瑟芬那次一模一样。从他开始调查以来,每次他想要见一个女人,人就会在他到来之前消失。他应该将此视为信号吗?他才是罪魁祸首吗?或许,她们会相互告诫,务必要躲开他。再加上布丽吉特提出的分手,对一个人来说要承受的实在是太多了。该如何是好?他当然需要见到她。她可以详尽地告诉他那部声称是彼克所写的小说是如何被发现的。而且，他渴望了解更多让-皮埃尔·古尔维克的事。卢歇坚信，这个男人的过去需要被仔仔细细地搜寻一番。

6

而此刻，他需要弄明白，“一段日子”到底是什么意思。这又与约瑟芬的“一段时间”异曲同工了。都是含糊不清的文字。他走进附近的店铺，从水产店问到文具店，想知道玛嘉利的归期。然而无人知晓。她就那样毫无征兆地离开了，留下了谜一般的信息。人们向他证实，她是个非常专业的女人，全心全意地打理图书馆。这么听来，她一点都不像是个说走便走的人。

在一家干洗店里，卢歇碰到了一个高高瘦瘦的女人，活脱脱像座贾科梅蒂[①]的雕像，她提议道：

“您或许应该去问问市政府？”

---

① Alberto Giacometti(1901—1966)，瑞士雕塑家、画家。

"您觉得他们知道她什么时候回来吗?"

"图书馆是市政机构,所以市长是她的上司。她一定向他报告过。另外,我也很关心这件事。她在我这儿留下了一套粉色西装,我想知道她什么时候能来拿。如果您看到她的话,请告诉她一声。"

"没问题,我不会忘记的……"

带着给玛嘉利的口信,卢歇又上路了,但要是他能找到她,这应该不会是他要对她说的第一件事。尽管他的职业生涯已经一落千丈,但沦落到当个干洗店的信使……更何况,还是件粉色西装。

7

在市政府,一位五十多岁的女秘书向他解释,玛嘉利走时并没有告知他们回来的日期。

"您不觉得这样有些令人担心吗?"

"不,她有很多没有用掉的假期。您知道,在这儿,每个人都相互认识。"

“这是什么意思?”

“就是说,在这里,大家工作时凭的是相互信任。我不奇怪她会没有通知市政府就离开。她的工作做得十分出色,她有权利去休息一下喘口气。”

“但她就这么走了吗?没有通知你们一下?”

“没有,我记得是没有。”

“我冒昧问一句,您在这儿工作了很久吗?”卢歇问道。

“很久很久。我十八岁开始在这里做实习生,直到现在我还在。我不会告诉你我的年龄,但好吧,的确是很长一段时间了。”

“我可以问您另外一个问题吗?”

“可以。”

“你认识亨利·彼克吗?”

“不算太认识。我比较熟悉他的太太。我们本来想在市政府给她办个小小的庆祝活动,但她拒绝了。”

“庆祝什么的活动?”

“她丈夫的事。他的小说。您没有听说过吗?”

“当然听说过。那您怎么想呢?”

"什么怎么想?"

"对于这整件事? 对亨利·彼克写的小说?"

"我想,这是个绝妙的广告。有很多好奇的游客来到这里。而且也给这儿带来了商机。事情就是这样,就算找家公关公司来宣传这座城市,也没法做得更好。至于图书馆的事,我们会安排好的。我有个实习生可以去那儿值班。不能让所有新到的来访者失望。"

卢歇停下片刻,好好打量了一下这个女人。她的精力是如此旺盛。每一句回答如连环炮般在她口中迸射而出。可以感觉到,她随时都准备充分,以同样的敏捷应对各式各样的问题。她刚刚提到了非常重要的一点。卢歇同意,克罗宗一定从未被如此关注过。或许,这整个发现手稿的故事是一个布列塔尼广告天才策划的。突然,他开口问她道:

"那让-皮埃尔·古尔维克呢? 您认识他吗?"

"为什么您要问我这个?"女秘书生硬地回答道,态度和方才交流时截然不同。

"随便问问。就是想知道一下。毕竟是他将退稿图书馆的主意带到了这里。”

“那是，主意嘛，他有的是。但之后就……”

“您想说什么？”

“没事。好了，如果您不介意的话，我要继续工作了。”

“当然。”卢歇回答道，没有再坚持下去；很明显，这个女人和古尔维克之间有一段不愉快的故事。一听到图书馆馆长的名字，她就满脸涨得通红。在玛嘉利的粉色西装之后，他的调查又遇到了同一色系的颜色。他热情地感谢了对方的耐心帮助，然后离开了。

看来，调查今天不会有太多进展了。他得决定下一步的行动。他能做些什么呢？找个地方喝点啤酒；这是个想法，但不是最有建设性的。这时，他想到他有更好的选择：直接去探访亨利·彼克，去他的墓地。

8

玛嘉利的确不是那种不说一声就离开的人；总的来说，她不是那种不预先筹备就行动的人；她的人生就是一环连一环、计划接计划。

几天之前的那一夜，在开车回家的路上，她不得不在中途停车数次。为的是确定自己真的经历了刚刚发生的一切。她的头脑并不清楚(甚至可以说是一团混沌)，但只消呼吸一下，就能感受到一股陌生的气息将她环绕。那是杰瑞米的气息。肌肤上的真实感受长久不散；那是她从未幻想过的体验。一个年轻男人渴望简单而粗暴地占有她，她寻思着自己是如何将一切引往此处，并且完全排除了外貌的因素。好几次，她都想要掉头回去，尽管这段路标着白线，禁止掉头。那又怎么样？这条线不能限制她的行动。然而，她还是继续往家开去，这条路漫长蜿蜒，正如她脑中思绪徘徊曲折。

丈夫给她打了好几个电话，因为她没回家而非常担心。她借口自己在清点书目；他甚至没有想到，她总是在白天图书馆关门时做清点。任何一个稍微有些关心她的人都能猜到，她没说真话。但她为什么要向他撒谎？在克罗宗，没有人撒谎。没有理由这样做。他担心她，是因为她这一夜的晚归并不寻常，但也未作他想。

进门时，玛嘉利做好了准备要解释一番。或许他会注意到她散开的头发，皱巴巴的衣服，所有那些享受过鱼水之欢后的表现？

是的，若泽全都能明白的。因为这一目了然，一看便知，而她则毫无能力掩藏真相。但这一夜，一切都和往常不同；她很惊讶丈夫几近焦虑的态度。玛嘉利一直觉得，她至少可以消失个两三天，他也完全不会觉察到她的离开。他们常常会整夜一句话都不说；或者只聊一些日常事宜，例如讨论第二天由谁去购物。必须承认她错了；他给她打了电话，询问她在做什么。她到底想要什么？或许，她宁愿他保持冷漠，没有打电话来打断她的欢愉。

她一刻不停地想着，想着方才的欢愉。头晕目眩。杰瑞米问她，第二天早晨是否会"用她的嘴"去唤醒他。她的脑子里全是这句话，但同时又告诉自己：他明天早上不会在了。他是这么说的，但真相全然不同：他会离开。他会回到他的家乡，或者会去吻另外一个我这样的女人；应该不难找，到处都有她这样的女人，像她这样再也受不了被冷落的女人，像她这样自觉臃肿而丑陋的女人，他应该到处留下了无法磨灭的回忆，既然他无法将自己的作品出版问世，这便是他存续于世间的东西。是的，毫无疑问，他不会在那里了。她笑自己，竟然有一刻幻想过相反的情形。

一到家，她就悄无声息地穿过客厅。玛嘉利十分惊讶地发现，屋子里漆黑一片。一点都不像是有人在担心她。她轻轻走进卧室,只见丈夫嘴巴张开,酣睡如泥。

9

这一夜,玛嘉利大部分时间都无法入睡。第二天早上,在浴室里待了一个小时之后,她早早地出门了。不需要解释什么,她在家的这段时间里,丈夫一直在睡觉。无论如何,他醒来的时候会开心的,因为热咖啡和一桌的早餐在等他。

她在清晨打开了图书馆的大门,一切都是那样安静,就好像书籍也在睡梦之中,她穿过书架,走向办公室。她的心以一种从未有过的节奏跳动着。她本可以加快脚步,迅速走往那个她要去的地方,但她喜欢这等待的时光;在这几米里,在这几秒里,一切都还有可能。杰瑞米可能在那里,正在睡觉,正在等待着被她的嘴吻醒。她轻轻地打开门,看到年轻男子躺在那儿,沉浸在睡梦里,就像是沉浸在一潭瑞士的湖水里。她关上门,又重新打开,就像是为了确定自己的视觉并没有出错。然后,她走近他,想要将他看得更清楚一些。前一夜，她不敢太仔细地看他，每每在两人眼神交错时移开目光。如今，她可以好好地凝视他，可以端详他身体的每一寸，可以尽情赞叹他的美。需要用嘴唤醒他。他想要她的吻吗？她轻轻地亲吻他的胸膛，然后是腹部，他开始微微颤抖；这时候，他将手伸向她的头，抚摸了一会儿她的头发，然后再带领她往更下面走。

一会儿之后，玛嘉利做了杯咖啡，端去给杰瑞米。他待在办公桌的后面。夜里，他一定在书架间晃悠了一圈，因为他身旁堆了一小叠书。玛嘉利认出了几本：卡夫卡、凯鲁亚克、昆德拉。她可以得出结论，他只在字母 K 的书架边驻足停留过。他在《达摩流浪者》和《审判》间犹豫片刻，最后一头扎进了《好笑的爱》。玛嘉利注视了他一会儿，然后问道：

“你饿吗？要我去给你弄几个牛角包吗？”

“不用了，谢谢。我要的这儿都有了。”他一边回答，一边如饥似渴地读着书。

她留他在房间里，去为读者打开图书馆的大门。这是特别清闲的一天，给了玛嘉利很多机会去看杰瑞米。有时，他会拉她靠近自己,然后把手伸进她的双腿之间。她任由他动作,什么话也不说。会发生什么?他想要什么?他会在这里待多久?她本来只想要尽情享受这场疯狂,但没办法,她的心里塞满了问号。杰瑞米看起来已经全然不像前夜那般失魂落魄;今天的他可谓充满了生机活力,快乐地享受着生活的馈赠。这一天结束时,她去买了瓶酒和晚饭,他们直接席地而坐。两个人比前一夜聊得更多了。杰瑞米讲述了自己和父母,尤其是和母亲之间的隔阂。他从前读寄宿学校,后来又住一间集体公寓,如今已经快五年没见过他们了。“他们或许已经去世了。”他轻声说道,然后又承认这不大可能;那样的话,他至少会被通知一声。这个想法让玛嘉利不寒而栗。每当她见到年轻人在超市前乞讨时,她都会想,他们是否因为家庭关系紧张才漂泊在外。她想到了自己的儿子,心想和他们见得还不够多。或许,她还没有充分地向他们展示自己的爱。

在杰瑞米的鼓励下,玛嘉利开始谈论她的父母。他们去世已经太久,她从来不谈论他们。没有人问过她关于童年的事。她的心头突然涌上一股强烈的情绪。这么多年来,她日复一日地生活着,从来不问自己是否想念什么。她突然明白,她一直为母亲不再在她身边而感到痛苦。她曾经觉得，生老病死皆是寻常，母亲的离开不过是所谓人生规律的一部分。她此刻明白了，就算死亡是最平常的现实，她也永远无法从它留下的情感阴影里痊愈。

她还提到了自己深陷的痛苦，同时也解释了为何对自己的身体如此自暴自弃。杰瑞米感觉到了她的不安，用几个动作抚慰了她。

10

接下来的几天也在同样的气氛里度过。玛嘉利时而欢欣不已、情难自禁，时而又为发生的一切惶恐不安。她尽力避开丈夫，这并不难办。最近，雷诺工厂分派的高强度工作让若泽筋疲力尽。他现在全天都要工作。为了保留法国本土的车间，需要加倍奋斗来证明，知识不能完全取代廉价劳动力。这场激烈比赛的结果是将工人剥削得更甚，无论对于哪一方而言都是如此：不管是想要保住工作的人，还是希望获得工作的人。到头来是两败俱伤。若泽盼着自己能够提早退休，获得解放。他将终于能够享受人生，也就是说,可以在水边钓鱼,在海滨漫步。或许,他的妻子有时会来陪他;他们已经很久没有那样共度时光,那样漫无目的地走走停停。

杰瑞米一直睡在办公室里。玛嘉利只给他带了一条毯子。他看起来并没有因为环境简陋而不舒服。她不敢问他会待多久。有一天,他突然宣布道:

"我要回家了。"

"什么时候?"

"明天。"

"……"

"有一班去巴黎的火车。我会在车上睡一夜,星期天我会去里昂。有个朋友给了我一份半天的工作。我没法拒绝他,你明白吗?"

"是的,我明白。"

"我在里昂有个小房间。很小,但说真的还过得去。你可以过去。"

"过去……和你一起?"

“是的。有什么为难的地方吗?”

“就是……所有的一切。”

“你不想和我在一起吗?”

“当然了。这一点毫无疑问。但是……还有工作……”

“你把图书馆关掉。找个借口休病假。在里昂,凭你的资历,可以找到活儿干的。我确定。”

“那我丈夫呢?”

“你不爱他了。你们的孩子也长大了。我们在那边会快快乐乐的。我们之间有种默契。命中注定我要把书放到这里,好来遇见你。从来没有人对我这么好过。”

“可我也没做什么特别的事情。”

“这是我人生中最美好的一个星期,躺在这里,与书为伴,你又能时不时地过来看我。而且我喜欢跟你做爱。你也喜欢,不是吗?”

“我……是的。”

“所以呢? 明天一起走吧。”

“但是……一切都发生得这么快。”

“那又怎样？不来的话你会后悔的。”

玛嘉利不得不坐了下来。杰瑞米说话的语气是那样平静，就好像这一切无比简单明了，但对于她来说，这无异于一场翻天覆地的革命。她开始想：他说得对，我要放弃一切，我不应该多想，事情很清楚，我离不开这个男人，我不能没有他的身体、他的吻、他的美，想到他在离我千里之外的地方，我便没法继续活下去，是的，杰瑞米说得对，我不爱我的丈夫了，至少，跟杰瑞米在一起的时候，我不会怀疑自己的感情，这一点确凿无疑，这一点会一直延续到死，而他向我提议的一切，能够带我稍稍逃离那场等待在不远处的死亡，他为日日处于窒息之中的我注入了生命，在书本之间我已经无法呼吸，它们让我喘不过气来，充斥在书页里的一个个故事让我没法拥有自己的故事，所有的这些句子，所有的这些词语，所有的这些年，小说让我疲惫，读者让我厌倦，再加上那些失败的作家，我再也受不了书了，我多么想逃离这座书架搭成的监狱，冷静，冷静下来玛嘉利，每个人一定都会这样想，在一段时间之后，每个人都会对生活、对工作厌烦，但我爱过书，我爱过若泽，而且，如果诚实地面对自己的话，我的确还爱着他，想到要把他一个人孤零零地扔在那儿，我心里就很难受，但我们已经没什么可以交流的了，他如今只是在那儿而已，长长久久地在那儿，不动摇却也不动情地在那儿，我们被我们的过去、我们的回忆联结着，或许这才是最重要的，那些证明爱情存在过的回忆，儿子们也实实在在地证明着这一点，那离我远去的孩子们啊，过去，我是他们的一切，而如今，只剩下几通匆匆的电话，机械化的温情，麻木的问好，他们对我的离开当然不会无动于衷，一个会说这是我自己的生活，另一个会说我对爸爸做出这种事简直是疯了，但说到底，他们的意见，我并不在乎，我对他们的选择从没有指手画脚，那么他们现在也应该任由我去，任由我去寻找幸福。

11

又一次，玛嘉利睡得很少。她想到了亨利·彼克的书。她体会到了一种不可思议的感同身受。这是她与谁的最后时分？是杰瑞米还是若泽？在夜里，她注视着丈夫，就像在度假的最后一天看风景那样。要把一切都刻在脑海里。他睡得很沉，完全没有料到笼罩着他的情感危机。在这一刻,一切都尚未明朗,但玛嘉利知道一件事:她不能再像之前那样生活了。

第二天,她起身离开,没有将若泽叫醒。这天是星期六,他不工作,至少会睡到中午。她一踏进图书馆,杰瑞米就问她怎么决定。她以为自己还有几秒钟可以思考,但不,此刻必须要孤注一掷了:

“中午过后我会回趟家……”她开口道,却说不下去。

“嗯,然后呢?”

“我会拿上我的东西,然后我们一起走。”

“太好了。”杰瑞米走向她。

“等等。等等。让我先说完。”玛嘉利一边说,一边伸手要他退回去。

“好。”

“我查过了。去坎佩尔的大巴是下午三点。之后我们坐火车去巴黎,五点十二分那一班。”

“你都看过了。太棒了。”

“……”

“但为什么我们不开你的车走呢？那样会更方便。”

“我不能那么做。我丈夫的车已经坏了几个月了。需要买辆新的，但太贵了。他上下班都搭同事的车。所以，总之，你懂的……我不能既离开他，又把车给开走。”

“是的，你说得对。”

“……”

“我现在可以抱你了吗？”这时，杰瑞米问道。

12

整个早上，玛嘉利都尽力装作若无其事地工作。她一直喜欢这个词，所谓若无其事，实为掩藏要事；在她的情形里，要事便是做出重要决定的千钧一发之时。她去看了好几次杰瑞米，后者仿佛沉浸在自己的遐想之中①。他应该在构思一些永远不会完成的小说；在他的幻觉之中，孕育着百态人生。她观察了他匆匆片刻，在

① 他是那种男人，人们总是会觉得打扰了他，而他实际上什么也没在做。——原注

心底里承认，和这个人一起远走高飞是件荒唐的事。说到底，她对他无甚了解。不过这无关紧要，她只是在经历着人生中少有的不问后果的时刻；在这一刻，只有当下的力量决定着你的生活。和他一起，她很自在，事情就是这样。不需要尝试定义她体内正发生着什么；在这种情况下，言语起不到任何作用。她可以翻开在她四周的数千本书中的任何一本，也寻不到解开自己行为之谜的钥匙。

将近中午时，图书馆里的人渐渐离开，她对杰瑞米说：

“要闭馆了。你最好现在去汽车站，我一会儿带行李去跟你会合。”

“太好了。我可以拿上几本书吗？”他轻松地说道，就好像并没有意识到这场逃离对玛嘉利的生活来说是一场怎样的豪赌。

“当然了。你可以。你可以拿上所有你想要的。”

“就两三本小说，我不想带太多东西，如果我们不开车走的话。”

他收拾了行李，拿上三本书，然后两个人一起离开了图书馆。他们害怕被发现，小心翼翼地保持着距离，甚至没有拥抱一下。

13

玛嘉利直接走向卧室。丈夫还在睡觉，说明他真的很累。她在床边坐了一会儿，似乎要叫醒他；似乎想要告诉他一切。她本可以对他说：我遇见了另一个男人，我别无选择，我必须要离开你，因为如果我让他走，如果他不再触碰我，我就会死掉。但她什么也没有说，只是继续看着他，不发出一点声音，生怕吵醒他。

她端详着他们的房间。每个角落她都了然于心。哪里都不会有一点意外，甚至连灰尘的堆积都从来不会偏移既定的轨迹。就是这块空间方寸不差地框住了她的生活，而她几近惊讶地发现，自己在这里感到十分安心。近些日子尽管让她快乐得飘飘欲仙，但也叫她筋疲力尽。她享受着这短暂的激情的每一分钟，每一分钟都惶惶不安，都在担心他人的审判。和若泽在一起或许很平淡，但她开始承认，这种平淡同样可以制造某种快乐。这样的舒适安宁自有其美好之处。曾经的平淡无味如今有了另一种味道，而她的生活本身也展现出另一番风貌。她明白，这一周来她所抛弃的一切在将来会让她怀念。是的，就从刚刚开始，近乎讽刺地，怀念已在她的心里悄然滋长。这时，眼泪沿着她的脸颊滑了下来。她释放出自从陷入这场疯狂的感情漩涡以来强忍住的一切。

她终于站起身来，拿了一个包，往里面扔了些东西。打开一个抽屉时，她把丈夫弄醒了：

“你在干什么？”

“没事。我理一下东西而已。”

“看起来不像。你在理一个包。”

“一个包？”

“是的，你在装一个包。你要去哪儿吗？”

“没有。”

“那你在干什么？”

“我不知道。”

“你不知道？”

“……”

“你好像在哭。你确定没事吗？”

玛嘉利站在那里，动弹不得。她甚至不知道该如何呼吸了。若泽困惑地看着她。他怎么想象得到，在汽车站，有个和他们的儿子年龄相仿的男人正等着他的妻子？往常，他对于玛嘉利的情绪波动都无动于衷。摸不着头脑的时候，他就告诉自己女人都是这样。但这一次，他从床上起身。他感觉到某种不寻常的东西，或许甚至是严重的事情。

“告诉我你在干什么。”

“……”

“你可以告诉我。”

“我在打包，因为我希望我们现在就出发。马上就出发。求你不要跟我争辩什么。”

“但是去哪里呢？”

“无所谓。我们去开车，然后就出发。去几天，我们两个一起。我们好多年没有度过假了。”

“但我不能就这么走，我还得工作。”

“无所谓，我告诉你了。找人给你弄张病假条。你三十年没有请过病假了。求求你，别想了。”

“这个包就是为了这个？”

“是的，我在理我们的东西。”

“那图书馆呢？”

“我去留个字条。快去穿衣服，我们要走了。”

“但我还没喝咖啡。”

“求求你了。我们马上就走，什么都不带也行。我们走吧。快点。快点。快点。我们到高速公路上再喝咖啡。”

“……”

14

几分钟以后，他们上了车。若泽从来没有见过妻子这个样子，但他明白了，必须全盘接受。毕竟，她是对的。他再也忍受不了了。他快要死在工作里了。是时候走了，是时候离开一切，呼吸点新鲜空气，才能继续活下去。她中途在图书馆停下，留了张字条解释自己要离开一段日子。她开得飞快，却不知道要去哪里，任由自己在不确定性中漂游。说到底，她此刻做的一切都没有经过思考。若泽打开车窗，让风吹向自己的脸，因为他不太确定有没有睡醒，此刻他所经历的一切是那样地像一个梦。

15

就在这一天,卢歇在汽车站与杰瑞米擦肩而过,却对此毫不知情。接着,他就发现了图书馆大门紧闭,于是向周围的人打听了一圈,又去市政厅询问了那个女人。他全部的奔波都通向一条死胡同,而这似乎已经成为了他这场调查的常态。他总是先受挫,再成功。直到现在,甚至可以说,正是一连串的失败最后引领他找到了关键的线索。

他开始懂得,为何生活给了他如此多的重大打击;他曾经雄心勃勃,认为自己可以做生活的主宰,凭借自己的远见卓识打入文学圈,从而走向成功。如今他发现,同样也需要跟着直觉走。因此,他感到需要去一趟亨利·彼克的墓地。在那儿,他可以追溯过去,揭开真相。

记者十分惊讶,克罗宗墓园竟然如此广阔;几百座墓碑坐落在一条小径的两旁,而这条路通往一座两次世界大战遇难者纪念碑。入口处有一间浅粉色的小房子,里面住着门卫。他看到了卢歇,从他的小屋里出来:

“是来看彼克的吧?”

“是的。”他回答道,心里有些惊讶。

“在 M64 号可以找到。”

“啊,谢谢……祝您今天过得开心。”

那人回到屋子里,什么也没有再讲。这是个信息的极简主义者。他走出来,确切地给出 M64 这个序号,然后便离开了。M64 在卢歇的脑海里重复了数遍,然后他想:就连死者都有个地址。

他慢慢地在墓碑间行走,并没有花心思留意编号,而是更希望辨认每一个名字,直到亨利·彼克的出现。他下意识地计算起每位逝者活过的年头。劳伦·荣古尔(1939—2005)走得很早,只活了六十六岁。这只是一个例子,而记者不禁开始想,和他一样,这里的所有人都经历了寻常的人生轨迹;每具尸体都曾在某一天第一次做爱,都与某位朋友为某个如今看来无关紧要的原因吵过架,甚至或许有些人也一样蹭花过车。在这里,他是一名人类群体的幸存者,而他注意到,在几米外,有另一位活着的样本。那是个五十多岁的女人,他一眼便觉得很面熟。他一边走近她,一边继续辨认墓碑上的名字,但他几乎可以确定,那位静静沉思着的女人面前的墓碑正是彼克的。

16

卢歇走到女人跟前,认出了约瑟芬。他曾在她的店铺前等过她,而兜兜转转,终于在这里遇见了她。他看了一眼墓碑,那里堆积着一束束鲜花,甚至还放着几封信。这个画面让他感受到,小说作者所引发的现象级事件有着多么深远的影响。他的女儿站在墓碑前一动不动,沉浸在一片催眠的静谧之中。她并没有注意到新访客的到来。之前在报纸上看到的照片里,她总是笑眯眯的,甚至显得有些滑稽,但与之相反,眼前的她显得非常严肃。自然,她此刻面对的是父亲的坟墓,但卢歇感觉到,她的忧伤并不源自这里;相反,她来这里是为了寻求一份慰藉,那是她在墓园的围墙之外再也寻觅不见的慰藉。

“您的父亲给您写过一封非常美的信。”他叹息道。

“您说什么?”约瑟芬问道,十分惊讶于这个男人的存在,她竟然刚刚才发现他。

“那封您找到的信,写得非常感人。”

“但……您是怎么知道的? 您是哪位?”

“让-米歇尔·卢歇。我是一名记者。请不要担心。我原本想在雷恩跟您见面,但您消失了。玛蒂尔德和我说了那封信。我说动了她,让她拿给我看。”

“但那对您有什么用?”

“我想要看到一点写下来的东西……您父亲写的东西。”

“好吧,请让开一些。您没看到我正在安静地想事情吗?”

“……”

卢歇退后一米,冻结般地站住了。他觉得自己很蠢,竟然没有料到这样的反应。太不体贴了。这个女人站在她父亲的墓前,而他就这么跟她说话,一上来就谈论信的事。谈论这封背着她取到的如此私密的信。他怎么可能妄想得到别的回答呢? 就算这场调查能让他感到快乐,也不该为此去伤害任何人。约瑟芬感觉到他一直都在身后,便转过头。她大可以再发一次脾气,却莫名闭上了嘴。这个男人穿着件破破烂烂、湿漉漉的风衣,看起来一副可怜又无害的模样。她问他:

“您到底想干什么？”

“我不知道现在这个时机是不是合适……”

“不要拐弯抹角。告诉我您要说什么。”

“我有一种直觉，写小说的不是您的父亲。”

“是吗？为什么？”

“直觉。有些事情对不上。”

“所以呢？”

“所以我想要拿到证据。他写过的东西……”

“是为了这个原因您才想要拿到那封信的吗？”

“是的。”

“您拿到了。然后有什么帮助呢？”

“您心里很清楚。”

“您想说什么？”

“您不能自欺欺人。只要读上两行就能意识到，您的父亲永远都写不出一部小说。”

“……”

“信很感人，但他的词汇量是那样匮乏，写得那么幼稚，到处都是错误……您难道不这么觉得吗?”

“……”

“能感觉到,他费了很大的劲儿才给您写下那些话,因为在夏令营里,所有小孩都会收到父母的来信。”

“一封匆匆写给孩子的信和一部小说,这不是一回事。”

“诚实些吧。您和我一样清楚地知道,您的父亲写不出一部小说。”

“我不知道。而且,怎么能确定这一点?又不能再去问他。”

两个人向亨利·彼克的坟墓看去,但什么也没有发生。

17

一个小时以后,卢歇坐在了玛德琳的沙发上,面前摆着一杯焦糖茶。约瑟芬现在一定是住在这里,他心里猜道,在被马克的背叛伤害之后住了过来。她想要获得些许宁静,想要重新站起来。她只有在去墓地的时候才出门。但她在心里埋怨父亲。他留下的这部小说最终埋下了祸根。玛德琳则说,前女婿卑鄙下流的行径正好能够让她彻底翻篇。她没有任何过错。最近这些日子的大起大落终结了多年来的悲伤;她在这里经历的也正是一场哀悼,她终于完全抛弃了重拾过去的念头。

马克给她发了许多短信道歉,并想要解释。他负债累累,被新任妻子逼迫着这样做。他不知道自己为何能够如此无耻。在那之后,他是真的与她分手了,他还提到了他们的重逢;尽管最初的动机并非出于善意,但在她身边,他感受到了巨大的幸福。他知道自己把一切都搞砸了,但他永远都不会忘掉他们重燃的爱意。现在,他全都懂了。但已为时太晚。约瑟芬再也不会见他了。

此刻,她远远地坐在客厅角落里,留卢歇与母亲单独谈论目前的情况。玛德琳反复读了几遍那封信的复印件,然后说道:

“您希望我对您说什么?”

“说您想说的。”

“我的丈夫写了一部小说。事情就是这样。这是他的秘密。”

“那这封信……”

“怎么了?”

“很显然,他并没有能力写作。您不这么认为吗?”

"哦,我已经被这整件事搞得烦透了。所有人都因为这本书变得疯疯癫癫的。看看我女儿变成什么样了吧！一切都变得莫名其妙。我现在就给那位编辑打电话。"

卢歇十分惊讶地看着玛德琳站起身来拿起固定电话听筒。她打开了一本边角磨损的黑色旧笔记本,拨出了黛尔菲的号码。

此刻是晚上八点;她正和弗雷德里克一起吃饭。玛德琳直入主题:

"一个记者在我家,他说亨利没有写过那本书。他发现了一封信。"

"一封信?"

"是的。可以说写得很差……读起来真的让人怀疑。"

"一封信和一部小说,这是两回事,"年轻女人嗫嚅道,"还有,那个记者是谁？是卢歇吗?"

"不重要。告诉我真相。"

"但是……真相就是您丈夫的名字写在手稿上。而且,合同写的是您的名字。拿版税的也是您。这证明我一直认为他就是作者。"

黛尔菲开了免提,因此弗雷德里克听到了全部对话。他悄声说："让她问问那个记者，他觉得谁是作者。"老太太转达了问题，卢歇回答道："我有个想法。但现在我什么都不能说。不管怎样，不能再把亨利·彼克当成作者了。"黛尔菲努力想要平息这场风波，她向玛德琳保证，在相反的证据出现之前，小说的作者就是她的丈夫。这位记者先生需要实实在在地证明他的断言，而不是在写给孩子的旧信件里翻来倒去。她补充道："如果我们找到一张普鲁斯特写的购物清单，说不定也会认为七卷《追忆似水年华》不可能出自同一个男人之手！"打完这个比方，她向玛德琳道了晚安，然后挂了电话。

弗雷德里克佯装鼓掌喝彩的样子，说道：

"太棒了，这个理由太妙了。普鲁斯特的购物清单……"

"我就是突然想到了。"

"不管怎样，这是迟早都会发生的。你很清楚这一点。"

"他们会怀疑，这很正常。但是这封信不能证明彼克没有写过书。他们没有任何实实在在的证据。"

"暂时没有……"弗雷德里克补充道，他脸上的微笑极大地激怒了黛尔菲。平日那般稳重的她此刻暴跳如雷：

“你想说什么？这关系到的可是我的名声！这本书大获成功，所有人都称赞我有眼光，就是这样。到此为止了。”

“到此为止？”

“是的！这个故事这样就够了！”她说着站起身来。弗雷德里克想抓住她的胳膊，却被她一把推开。她冲出门，离开了公寓。

玛德琳的来电激化了他们的矛盾。他们之间存在着分歧，但之前，两个人至少还能聊一聊；为什么她的反应会如此激烈？他追着跑了出去。在街上，他四处张望，寻觅着她的身影；他惊讶地在很远的地方看见了她。他明明觉得自己没等上几秒钟就下定决心追出门。他对时间的感知能力越来越弱了，这是因为他的思维与现实之间有着时差。有时，他会花很长时间想一个句子，却没有意识到构思这一句话时，两个钟头已经过去了。他与日常生活脱了节，而随着他的小说接近尾声，这种感觉愈发强烈。写作的过程是如此漫长，又是这般艰难，写到最后几章时，他的脑子已晕晕沉沉、一片模糊。小说《道出真相的男人》即将完成。

他向黛尔菲跑去。大街上，大庭广众之下，他抓住了她的胳膊。

“放开我。”她喊道。

“不行,回家去。简直是莫名其妙。我们可以好好说话,不要吵架。”

“我知道你要说什么,而且我不同意。”

“我从来没见过你这个样子。发生什么事了?”

“……”

“黛尔菲?回答我。”

“……”

“你有别人了?”

“没有。”

“那是什么事?”

“我怀孕了。”

第九部分

1

结束与黛尔菲的通话之后，玛德琳给卢歇看了合同。的确，她能拿到百分之十的版税，那是一笔十分可观的数目。因此，在出版社看来，彼克就是小说的作者。随着谈话的继续深入，玛德琳和约瑟芬坦承，她们的确迷失在了这个有些疯狂的念头里。她们选择相信，但在心底深处，她们一直觉得这件事并不可能。

“可是，会是谁写了这本书呢？”约瑟芬问道。

“我有一个想法。”卢歇坦白道。

“那快说吧！”玛德琳催促他。

“很好，我会告诉您我是怎么想的，但首先，能再给我倒一点焦糖茶吗，味道好极了？”

“……”

2

在所有人开始谈论彼克事件时，有些记者感到好奇，这样的一本书是如何被出版社退稿的。他们想知道，是谁拒绝了《爱情故事的最后时分》。或许能够找到相关的审稿记录？当然了，那位布列塔尼的披萨店老板完全有可能从来没有寄出过他的小说。也许他从未向任何人展示过自己的作品，直到一间退稿图书馆恰巧在他家附近创立。于是，他决定给他的书稿找一个去处。人们赞美他不求扬名的品质，这是一种可以被接受的假设。但仍然需要求证他是否将小说寄给过出版社。而在这一点上：无迹可寻。

实际上，绝大多数的出版社都不会保留退稿的相关档案；唯一的例外是朱利亚尔[①]，就是那家出版过弗朗索瓦丝·萨冈的《你好，忧愁》的著名出版社。在他们的地下室，可以找到五十多年来收到过的所有书稿的清单；那是十几卷列着作者名和书名的册子。多家报纸都派了实习生去仔细翻找这份奇妙的退稿清单。但彼克

---

① Éditions Julliard，法国出版社。

的名字无处可寻。然而,凭着直觉,卢歇找寻了另一个名字:古尔维克。他本人是否曾写过一本无人想要的书?他劳心劳神地为被退稿的作家们创立一间图书馆,或许是出于某种惺惺相惜。卢歇这般想,也这般找到了证据:在一九六二、一九七四和一九七六年,古尔维克三次尝试投稿,将自己的小说寄给了包括朱利亚尔在内的数家出版社。每一家都给出了否定的答案。这一连串的失败一定给他带去了巨大的痛苦,因为之后的列表里再也没有出现他的名字。他放弃了寻求出版的机会。

当卢歇发现了被朱利亚尔出版社退稿的小说之后,他开始打听古尔维克的后续情况。没有孩子,也没有遗产,在他身后什么也没有留下。永远不会有人知道,他曾经写作。他或许已经丢弃了所有书稿;所有书稿,除了一部。卢歇是这样猜测的。在创立退稿图书馆的时候,古尔维克决定将它塞进书架里;自然了,不可能署他的名字。因此,他选择了城里再平凡不过的一个人来代表自己:亨利·彼克。这是个象征性的选择,借一个幽灵之手赋予自己的文字实体。在卢歇看来,这必定就是事情的经过。

众所皆知,古尔维克会为读者提供各类书籍:他完全有可能在某天把《叶甫盖尼·奥涅金》交给了亨利。这位披萨店老板从未得到过他人的赠书,因此深受感动,终生保存着这本书。但他并不爱阅读,从未翻开过这本书,所以也就没有注意到被划出的几句话:

那生活着的人,那思想着的人
在内心蔑视着芸芸众生。
那曾体会过真切的心跳的人
想念着逝去的岁月。
欢愉已不再可能。
回忆与悔恨
留下一道道伤痕。
这一切最后只是
谈话里的几分亮光。

这些诗句让人联想到一个作家梦的幻灭。每一个写作的人都有着跳动的心。而当希望破灭,漫上心头的则是不得志的苦涩,更有甚者:是回忆里的伤痕。

在开始找寻古尔维克的相关线索之前，卢歇决定先找到彼克不是作者的证据。这是第一步，也是必不可少的一步。他去了雷恩，找到了那封信。此刻，他身在克罗宗彼克的家中，向他的亲人解释自己的想法。他很惊讶地看到，母女俩轻易便接受了他的假设。当然了，也需要考虑到另外一个因素：小说出版带来的种种不愉快甚至是闹剧般的后果让她们备受折磨。她们渴望重拾过去的生活，想到亨利从未写过这部小说，她们感觉松了一口气。之后，约瑟芬会意识到，假若事实果真如此，她们也许会拿不到小说的版税；但在此刻，情感因素完全占了上风。

"所以您觉得，我丈夫小说的作者事实上是古尔维克?"玛德琳问道。

"是的。"

"您打算如何证明这一点呢?"约瑟芬问道。

"正如我所说，目前这只是我的猜想。而且，古尔维克什么也没留下，没有保存下任何手稿，也没有向任何人吐露过他对写作的热情。古尔维克很少谈论自己的事情，玛嘉利在采访中提到过这一点。"

“所有的布列塔尼人都是这样。这里没有一个人是多嘴多舌的。您的调查可没选对地方。”玛德琳打趣道。

“是的，这是自然。但我感觉到，在这个故事背后还有什么玄机。还有什么我仍然没有发现的东西。”

“是什么呢？”

“当我在市政府讲到古尔维克的时候，那位女秘书一下子涨红了脸。接着，她就表现得十分冷漠。”

“所以呢？”

“我觉得，她和古尔维克有段过往，而且是不欢而散的。”

“正如和他的妻子一样。”玛德琳补充道，并没有意识到自己的回应改变了事情的发展。

3

时间已经很晚了，尽管卢歇还想继续聊一会儿，特别是想询问玛德琳有关古尔维克妻子的情况，但他感觉到，最好等到明天再讨论。与在雷恩那次如出一辙，他的行动全凭心血来潮，完全没有计划好晚上在哪儿过夜。而且，这一回，他连辆车都没有。出于客气，他问两位主人附近是否有酒店；但此时已是凌晨，到处都关门了。显然，他得在这儿过夜，但他觉得有些尴尬，自己没有提前告知，就这样硬生生地留了下来，不给别人一点余地。玛德琳宽慰了他，并说自己很开心他能住在这里。

“唯一的问题是，我们的沙发床真的很破旧了。我不建议您睡那儿。那只剩下我女儿的房间了，那边有两张床。”

“睡我的房间里？”约瑟芬重复她说的话。

“我可以睡在沙发上。我的后背已经够恨我的了，不会再雪上加霜了，不用担心。”

“不，和约瑟芬同屋睡会更好。”玛德琳坚持，她对卢歇的关爱溢于言表。她喜爱他身上住着的那个孩子。

约瑟芬领着卢歇进屋，他看到两张十分朴素的床。这是她幼时的房间，原封不动地保留着当年她邀请朋友来过夜时的模样。两张床中间隔着一张小桌子，桌子上摆着一盏橘色灯罩的台灯。身处这个环境，很容易便能想象出，孩子们曾怎样在深夜里叽叽喳喳地互诉心事。而今晚，是两个同龄的成年人，各自孤独地躺着，一人一床，彼此平行。他们谈起自己的生活，聊了一会儿。

当约瑟芬熄灭台灯时，卢歇看到，天花板上布满了闪亮的星星。

4

他们在差不多的时间醒来。趁着天色未亮，约瑟芬悄悄去了洗手间。卢歇心想，他已经很久没有睡得这么好了；一定是因为最近太累，而这座房子又太安静。他有一种莫名的别样感觉。事实上，他比昨夜轻松多了，就好像卸下了一份重担。那自然是与布丽吉特的分手带来的沉重心情。我们可以用理智说服自己，但只有身体知道，情感的创伤需要多少时间才能愈合。这天早上，睁开眼的那一刻，他终于能够重新开始呼吸。痛苦从他身上消失了。

5

吃早餐时，玛德琳谈起了古尔维克的妻子。她没有在克罗宗待多久，但玛德琳对她挺熟悉。原因很简单：玛丽娜，也就是古尔维克的妻子，曾在彼克家的披萨店帮过忙。

“是在我怀孕的时候。”玛德琳补充道，语气十分平静，让人无法猜到这几个字背后的种种波折[①]。

“古尔维克的妻子和您的丈夫共同工作过？”

“是的，两三个星期，之后她就走了。她离开了让-皮埃尔，然后回到巴黎生活。之后，就再也没有她的消息了。”

卢歇大吃一惊；他曾经以为，古尔维克将彼克的名字写在书稿上只是出于偶然，他随便挑了个名字，不然就得捏造个化名出来。如今他发现，两个人之间是存在着联系的。

“所以，比起您来，您的丈夫对她更熟悉一些？”他继续问道。

“为什么这么说？”

“因为您刚才说，那时候您怀孕了，她代替了您的工作。”

“我那时没法做服务员了，但是几乎每天都在那里。她主要还是和我说话。”

---

① 在生约瑟芬的前几年，玛德琳在分娩时失去了第一个孩子。——原注

“她和您说什么了?”

“那是个有些脆弱的女人,她希望能够找到一处幸福的安身之所。她说,作为一个德国人,在五十年代的法国生活是很艰难的。”

“她是德国人?”

“是的,但没多少人知道。我甚至觉得没人知道。她对我说了。感觉得到,她受过苦。但我不知道更多的事情了。我也记不大清了。”

“那为什么她会来这里呢?”

“一开始,他们是笔友。那个时代有很多这样的事。她告诉我,古尔维克给她写过很多优美的信件。因此,她决定嫁给他,来到这里生活。”

“所以,他写过很多优美的信件。”卢歇重复她的话,“得找到这个女人,并且拿到那些信。这很关键……”

“证明我父亲没写过这本书对你来说就那么重要吗?”这时,约瑟芬硬生生地打断了他,给正说到兴头上的卢歇浇了一盆冷水。

他不知该如何作答。过了一会儿,他结结巴巴地说,他满脑子都在想到底谁是小说的作者。很难解释这一切。在经历了之前的职业生涯之后，他觉得自己极端空虚。他试过做白日梦，试过有时微笑，有时去跟人握手见面，但死亡仿佛在慢慢地侵占他的身体。直到这个故事以一种莫名的方式将他唤醒。他确信，在这场历险的尽头，有什么东西在等待着他，而他的生命能因此而延续。所以他想要获得实实在在的证据，尽管目前的一切都已指向有关古尔维克的假设。听着他长篇大论的独白，两个女人十分惊讶，但约瑟芬还是开口继续道：

“有了证据以后，您会怎么做呢？”

“我不知道。”卢歇回答道。

“听着，亲爱的，”玛德琳说道，“知道真相对于我们来说也很重要。毕竟，我还在电视上谈论过你父亲的小说。所以，我希望能在死前知道真相。”

“不要那么说，妈妈。”约瑟芬一边说，一边握住了母亲的手。

卢歇并不知道，这些年来，约瑟芬这样的举动已经愈来愈少见。而玛德琳口中的那声“亲爱的”也是一样。最近这些事情出乎意料地将她们联结在一起。两个人被一同推到镁光灯下；而灯光引发的后果往往是喜忧参半，亦福亦祸。最终，约瑟芬同意了母亲的观点。卢歇或许能带来真相，而真相将还给她们平静的生活。他会出发去找这位玛丽娜，她将证明，隐藏在《爱情故事的最后时分》背后的作者正是古尔维克。并且，他也将揭开这段婚姻仅维持几周即宣告破裂的真正原因。

6

过了中午，约瑟芬开车送卢歇到雷恩去；在那里，他会乘火车去巴黎。至于她，则会在次日早上重拾中断了数日的工作。

7

自从与布丽吉特分手，卢歇回到了自己的小房子里住。在这个周日晚上，他独自一人待在狭小的房间里，他年已五十，经济拮据，却感到快乐无比。幸福是个比较级；几年以前，如果有人给他预告这样的画面，他会吓得惊慌失措。然而，在经历了种种暴击和抛弃之后，他在自己的小破房间里找见了天堂。

在出发之前,他请玛德琳帮了个忙:请她在周一早上去市政府查婚姻记录。实际上,她只知道玛丽娜冠过夫姓。在离开后,她很有可能重新用起了娘家的姓氏。在网上,卢歇找不到一丝玛丽娜·古尔维克的痕迹。

玛德琳遇到了卢歇在两天前见到的那个女人。她解释了自己的请求,那位工作人员则回答道:

"这几天你们怎么一个个的都找上古尔维克了?"

"没什么。只是因为我认识他的妻子,我想重新找到她。"

"是吗?他结过婚?这可是个大新闻。我以为他是不婚主义者呢。"

玛尔蒂娜·帕安佩克又嘀咕了几句关于图书馆馆长的话,事情很清楚了:他们曾经非常熟悉。玛德琳什么也没问,她自己便掏心掏肺地诉说了她的悔与恨。玛德琳对此并不惊讶:大家都知道,古尔维克爱书如痴,并且除书之外别无所爱。她试着开解她几句:

"这跟您一点儿关系也没有。在我看来,不能相信任何爱书的人。至少我和亨利在一起就过得很安稳。"

“但他写了一本书……”

“这可说不好。有可能甚至是古尔维克写的。坦白讲,一个用我丈夫的名字署名的作家……真是个疯子!完全不值得为他惋惜。”

“……”

玛尔蒂娜心想,她是否应该把这些话当作安慰;说到底,说什么都无济于事,他已经去世很久了,而她一直爱着他。

过了一会儿,她去搜索了她需要的信息,找到了玛丽娜的本姓:布鲁克。

两个小时后,卢歇在房间的一个角落里扭曲着身子,想要连上无线网络。他蹭了四楼邻居的网,但信号只限于一个特别小的范围内,于是他只能将身体紧贴着墙壁。很快,他就找到了好几位玛丽娜·布鲁克的信息,但大多是脸书上的资料,上面照片里的面孔都太过年轻。最后,他发现了一条链接,打开以后是一张唱片的介绍页面,在那里可以读到唱片上的献词:

致我的母亲玛丽娜

为了她能够看着我。

搜索引擎在这个页面上找到了玛丽娜和布鲁克两个词。这张唱片属于一位年轻的钢琴家雨果·布鲁克,他演奏的是舒伯特的《匈牙利旋律》。卢歇对这个名字隐约有些印象;有一阵子,他很喜欢听演奏会或是看歌剧。他心想,自己已经很久没听过音乐了,但并不是很怀念。他搜索起其他关于这位布鲁克的信息,发现第二天,他就会在巴黎开演奏会。

8

演出已经满座了,他没能买到票。他在一条窄巷子里等候着,音乐家出门时一定会经过这里。在他身边,站着一个十分矮小的女人,完全看不出年纪。她走近他:

"您也喜欢雨果·布鲁克?"

"是的。"

“我去了他所有的演奏会。去年在科隆的那场真是无与伦比。”

“那您今晚怎么没去呢?”卢歇问道。

“我从来都不买他在巴黎演出的票。这是我的原则。”

“为什么?”

“他住在这里。这并不是件好事。雨果在自己的城市演奏时会有些不同。与他在外巡回演出时不一样。我原本没有意识到。其中的差别很细微,但我能感觉到。而他对此非常清楚,因为我是他的头号粉丝。每场演奏会后,我都会跟他合影,但在巴黎的时候,我会直接在出口等他。”

“所以您觉得他在巴黎的演出会差一些吗?”

“我没有说‘差一些’。只是不一样而已。在表达的强度上有所不同。是的,我就是这么告诉他的,而他也对此感到困惑。需要真正走进他的音乐,才能体会到这一点。”

“这太惊人了。所以您是他的头号粉丝?”

“是的。”

“您一定知道,他将最新的那张唱片题献给了玛丽娜……”

“当然了,那是他母亲。”

“还有这句有些费解的话:‘为了她能够看着我。’”

“这句话很美。”

“是因为她去世了吗?”

“不是,完全不是。她常来看他,好吧是听他。她眼睛看不见了。”

“啊……”

“他们俩的关系十分亲密。他基本上每天都去看望她。”

“她住在哪里?”

“蒙马特区的一家养老院,叫作‘光明养老院’。她的儿子为她选了一间可以看见圣心堂的房间。”

“您刚说她的眼睛看不见了。”

“那又怎么样?又不是只有眼睛才能看见。”矮小的女人总结道。

卢歇看着她,想要挤出一个微笑,但失败了。她想问他为何提了这么多问题,但没有问出口。记者终于获得了所有想要的信息,对她表示了感谢,然后离开了。

几分钟以后，雨果·布鲁克走了出来，又一次，他与他的头号粉丝一起合了张影。

9

第二天早上，卢歇怀揣着激动的心情踏进了这家名为“光明”的养老院。他觉得，这个名字似乎象征着这场调查的终点。前台的一个女人问他有何事由，他说想要见玛丽娜·布鲁克。

“您是说玛丽娜·古尔维克吗？”

“呃，是的……”

“您是他的家人吗？”女人问道。

“不是，算不上吧。我是她丈夫的朋友。”

“她没有结婚。”

“她曾经结过，很久以前。请告诉她，我是让-皮埃尔·古尔维克的朋友。”

女人上楼找玛丽娜时，卢歇在大厅中央耐心等待，在那里，他碰见了好几个老人。从他跟前走过时，他们向他稍稍致意。他感觉到,人们并没把他看成访客,而是当成了新来的入住者。

前台的女人回来了,引他到房间门口。一到那里,他便看到玛丽娜背对着门。她面朝窗户,透过玻璃,的确可以看见圣心堂。年迈的女人转过椅子,朝向她的访客。

“您好,夫人。”卢歇轻声说道。

“您好,先生。您可以把风衣放在我的床上。”

“谢谢。”

“您应该把它换掉。”

“什么?”

“您的风衣。已经破破烂烂的了。”

“但……您怎么能够……”卢歇结结巴巴地说道,心里满是疑问。

“别紧张,我在开玩笑。”

“玩笑?”

“是的。前台的罗瑟琳总是会告诉我访客的某个信息。这是我们之间的游戏,用来逗乐的。刚才,她对我说:‘他的风衣破得不行’。”

“啊……是的。的确如此。这有点让人害怕,但是很好玩。”

“所以您是让-皮埃尔的朋友?”

“是的。”

“他怎么样了?”

“很遗憾地告诉您,他……他很多年前就过世了。”

玛丽娜没有回答。她似乎完全没有预料到这种可能性的存在。对她来说,古尔维克永永远远都是二十几岁,毋庸置疑,这个男人不会老去,更不会死去。

“为什么您要来看我?”玛丽娜开口问道。

“我完全无意打扰您,我只是想要重新拼凑出他人生的一些片段。”

“出于什么原因?”

“他创立了一间有些特别的图书馆,我想要问您几个关于他的过去的问题。”

“您说您是他的朋友。”

“……”

“不过,他确实不怎么说话。我记得和他在一起总是大段的沉默。那么,您想要知道些什么?”

“在回巴黎前,您在他身边只待了几个星期,是吗?可你们刚刚才结婚。在克罗宗,没有人知道您离开的真实原因。”

“是的,没有人……我想,大家都应该感到很疑惑。而且我不奇怪让-皮埃尔什么也没说。如今,这一切都已经离得太远了。所以,我可以告诉您真相:我们不是真正的夫妻。”

“不是真正的夫妻?我不懂。我以为你们给彼此写过很多情书。”

“是我们让大家以为的。但让-皮埃尔从来没有给我写过一个字。”

“……”

卢歇曾经以为,那些激情洋溢的信件将会推进他的调查。这个消息让他感到有些沮丧,尽管它并没有改变任何事实。一切仍然环环相扣,他坚信,古尔维克就是小说的作者。

“一封信都没有吗?”他又问道,“那他会写东西吗?”

“写什么?”

“小说?”

“在我的记忆里没有。他热爱阅读，这点没错。他每时每刻都在阅读。夜里，他总是埋头读书。一边读，一边轻声自言自语些什么，他活在文学里。而我呢，我喜欢听音乐，但他是个爱静的人。在这一点上我们就没法合得来。”

“您离开是因为这一点吗？”

“不，完全不是。”

“那是为什么呢？您所说的‘假夫妻’又是什么意思呢？”

“我不知道我是不是应该给您讲述我的一生。我甚至不知道您是谁。”

“我是一个认为您的丈夫在与您分别后写下了一部小说的人。”

“一部小说？我不是很懂您的话。您刚问我让-皮埃尔是否写作，但您似乎十分清楚这一点。您的故事太复杂了。”

“正因如此，我才需要您来帮我弄懂它。”

卢歇道出最后这些话，正如每次到了调查的关键节点时那样，他的恳切之情溢于言表。玛丽娜能够体察到人们最隐秘、最真实的意愿，而此刻，她承认，她的访客怀揣着十分强烈的愿望。于是，她决定告诉他自己所知道的一切；而她所知道的一切，就是她这一生的故事。

10

玛丽娜·布鲁克于一九二九年出生于德国杜塞尔多夫。自小，她便沐浴在对祖国和元首的疯狂热爱之中。战争年代，她被小心翼翼地保护起来，生活在快乐的金色气泡里，周围环绕着保姆——她们代替了父母的角色。她的父母不常在家，他们忙于会客、旅行和幻想。每当他们回家，玛丽娜总是犹如身处天堂；她会和母亲一起嬉戏，会听父亲给她人生建议。他们很少出现，却弥足珍贵，每个晚上，玛丽娜入睡时总是期盼着父母的吻，好度过漫漫长夜。然而，他们的态度在陡然间改变，突然开始惶惶不安。如今，他们对女儿视而不见。两个人变得暴躁易怒，失魂落魄。一九四五年，他们决定逃离德国，将十七岁的玛丽娜抛给任何愿意照顾她的人。

几经辗转，她被送进了一家法国修女开的寄宿学校；学校规矩森严，但并不比她之前所经历的来得严苛。很快，她便能说一口无懈可击的法语，并且尽全力抹掉任何一丝母语的口音。从别人的只言片语里，她发觉了父母的真实面目，得知了他们曾经犯下的残酷罪行；他们如丧家之犬一般被追捕，现下在柏林郊区的一家监狱里服刑。玛丽娜明白了，她是两个衣冠禽兽爱情的结晶。更糟的是，他们曾经试图将可耻的想法也灌输进她的头脑里，而如今，她因为曾被如此洗脑而自觉肮脏。她厌恶自己的孩提时光。寄宿学校的环境让她得以在上帝的熏陶之下重塑人格。每天，她在黎明时分起床，与至高无上的力量对话，在心中默念祈祷，但是，她深知一切的真相：人生不过是一场黑暗。

成年后，她决定留在寄宿学校。说实话，她并不知道还能去哪里。她不想成为修女；于是，她在这里花时间慢慢摸索人生的方向。一年又一年这般过去了。一九五二年，她的父母因重建国家的需要得到了赦免。两个人很快就来看望女儿。但他们认不出她来了，她已长成一个女人；而她也认不出他们了，因为他们已同黑影一般枯槁。她不愿听他们的悔恨之词，跑着逃离开他们。借此机会，她也永远地告别了寄宿学校。

玛丽娜想去巴黎，修女们曾为她描述过这座美好的城市，她一直对那里心驰神往。到达的时候，她去了一家别人告诉她的法德友好协会的办公室，这家小型机构竭力在两国人民之间建立联系，为他们提供帮助。志愿者帕特里克负责这位年轻女孩的援助事务。他为她在一间大饭店找了份工作；她在那里看管衣帽间。一切都很顺利，直到有一天，老板发现她是个德国人；他立即将她视作“肮脏的德国鬼子”，并毫不留情地将她撵走。帕特里克尝试让老板道歉，但这让后者怒不可遏：“那我的父母呢？他们向我的父母道过歉吗？”这样的态度在当时并不罕见。战争仅仅结束了七个年头。对她来说，很难在巴黎生活却不被视为暴徒。但她没办法想象再回到德国。于是，帕特里克建议道：“你应该和一个法国人结婚，这样问题就能迎刃而解。你说话一点口音都没有。拿到身份证件以后，你就能当个完完全全的法国女孩。”玛丽娜承认这是个好主意，但她不知道能和谁结婚；她当时的生活里没有男人；说实话，她的生活里从来没有过男人。

帕特里克帮不上忙，因为他已与米雷耶订婚，那是个高挑的俄罗斯女人，她在八年后的一场车祸中去世。但他想到了让-皮埃尔。让-皮埃尔·古尔维克。他在服兵役时认识的一个布列塔尼人。那是个有些特别的家伙,性格内向,永远孤身一人,是个在书堆里度日的奇人——也是个会接受这般提议的人。帕特里克给他写了一封信,告诉他目前的情况,古尔维克没花上十秒钟就决定答应。正如他的战友预料的那样,这件事对他有着无比强烈的吸引力:娶一个陌生的德国女人,这太浪漫了。

双方达成了一致。玛丽娜会去克罗宗,他们会结婚,一起生活一段时间,然后她可以在自己希望的时候离开。对那些好奇的人,他们会说两个人是通过报纸上的小广告认识的;他们相互写信,从而坠入爱河。一开始,玛丽娜很紧张。一切来得太容易了,容易得不像是真的;这个男人想要什么作为交换条件呢?和她上床?把她当个女佣使唤?她惴惴不安地从东到西穿越法国。古尔维克以平平常常的态度迎接了她,她立即明白,自己的焦虑完全没有必要。她觉得他既迷人又羞涩。至于他,则发现她美得惊人。之前,他甚至没有想过她的外貌如何;在娶一位陌生人之前,他连问也没有问过任何有关她的细节。毕竟,什么都不重要:这不过是一场名义上的婚姻。然而,眼前的女人是那么美丽,他屏住了呼吸。

她住进了他小小的公寓，她觉得这里太过阴暗，而且到处都被书塞得满满当当的。在她眼里，那些书架简直摇摇欲坠。她可不想被陀思妥耶夫斯基全集压死，她承认道。这个反应让古尔维克发笑；在他脸上很少有这样的表情。年轻的图书馆馆长通知了两位表兄弟（他仅有的家人）：他要结婚了。市长为他们证了婚。他们所做的一切有些像是儿戏，但是，尽管是场名义婚姻，在他们的心底里，却实实在在地泛起一丝未曾料想到的涟漪。

11

新婚夫妻开始了他们的同居生活。很快，玛丽娜就表现出无聊。古尔维克是彼克家披萨店的常客，他注意到玛德琳怀孕了，便提出可以请他的妻子来帮忙，因此，玛丽娜在餐厅里当了几个星期的服务员。同古尔维克一样，彼克并不是个健谈的人；幸好，她还能与他的妻子聊上几句。很快，她就向玛德琳坦承了自己的德国国籍。玛德琳感到十分惊讶，她之前并没有听说这一点，但在当时，她最困惑的则是，这位新婚妻子的脸上毫无喜悦之色；看起来，她似乎因为要在位于世界尽头的菲尼斯泰尔度过余生感到沮丧失望。而当她们谈到巴黎,谈到那里的博物馆、咖啡厅、爵士酒吧时,她的眼神则全然不同。不难猜到,她很快就会离开这里;但是,讲到古尔维克时,她的语气里总是充满了柔情,一天,她承认道:“这是我第一次遇到如此温柔的男人。”

的确如此。古尔维克对妻子总是关怀备至,但又不过分殷勤。他把房间留给她睡,自己睡在沙发上。他常常做饭,并且努力想让她也爱上海鲜。尽管她以为自己受不了,但在几天之后,她迷上了吃牡蛎。人总是会变的,人的喜好也不是一成不变的。古尔维克有个秘密,有时,他喜欢在玛丽娜睡着的时候看着她;她睡觉的模样将他深深地迷住了,在梦乡里,她就像个乖巧的孩子。玛丽娜有时则会翻开某本古尔维克喜爱的书;她想要进入他的世界,想要给他们的生活找一些实在的共同点。她不懂,为何他从来不试图要她;有一天,她几乎就要问出口:“你不喜欢我吗?”然而,她并没有这么做。在他们的同居生活中,总有两股相反的力量在拉扯:他们逐渐吸引着彼此,不觉靠近着对方,却又始终小心翼翼地保持着距离。

尽管满心想着回巴黎,玛丽娜不由得开始想象自己在布列塔尼的生活。她可以待在这个可靠又投契的男人身旁。她终于可以结束她的恐惧,结束她对于平静生活的寻寻觅觅。然而,一天,她宣布自己马上就要离开。他回答说,这是早已说好的事。玛丽娜惊讶于他的反应,她觉得他的表现冷漠无情。她原本希望,他会请她再留一会儿。几句话便能改变一段命运。几句话藏在古尔维克的心底,却说不出口。

他们的最后一夜过得十分沉默;他们喝着白葡萄酒,吃着海鲜。在吃牡蛎的间隙,古尔维克还是问了她:"到了巴黎,你会干什么?"她回答说她并不清楚。第二天,她就会离开,但这一刻,她仍一无所知;未来在她看来模糊一片,就像刚睡醒时那样。"那你呢?"她问道。他提到了那间将在此创立的图书馆。他得接连工作上好几个月才能完成这项事业。伴着这场彬彬有礼的对话,两个人告别了彼此。但在睡觉前,他们相拥了片刻。这是他们第一次,也是最后一次彼此触碰。

第二天,玛丽娜早早地出了门,她在桌子上留了张字条:"到了巴黎,我会吃牡蛎,我也会想你。感谢你所做的一切,玛丽娜。"

12

他们彼此相爱过，却不敢说出口。玛丽娜等待着古尔维克给出一个讯号，但始终没有等到。年复一年，最后，她已彻彻底底地觉得自己是个法国人。有时候，她会带着一丝自豪说道："我是布列塔尼人。"她在时尚圈工作，曾有机会遇到年轻的伊夫·圣·罗兰[1]，而夜以继日地缝制高定连衣裙上精巧复杂的抹胸，也让她的视力受到损害。她曾有过几段艳遇，但在大概十多年的时间里，她都没有过认真的感情关系；好几次，她想要回去看看古尔维克，至少给他写封信，但她告诉自己，他多半已经与另一个女人生活在一起了。无论如何，他从来没有出面要求办理离婚手续。她如何想象得到，在她走后，古尔维克再也没有爱上过任何人。

在六十年代中期，她在街上偶遇了一个意大利男人。他举止优雅、风流倜傥，散发着某种属于马塞洛·马斯楚安尼[2]的魅力。她刚刚看了费里尼的电影《甜蜜的生活》，于是，她觉得冥冥之中自

① Yves Saint Laurent(1936—2008)，法国设计师。

② Marcello Mastroianni(1924—1996)，意大利演员。

有征兆。生活的确可以很甜美。亚历桑德罗在一家银行工作，银行的总部在米兰，但在巴黎设有办公室。他需要经常在两个国家之间来来回回。玛丽娜喜欢这种断断续续的情侣关系。这样，她可以循序渐进地走进爱情。每次他来时，他们会出门约会，嬉戏作乐。在她眼里，他举手投足之间的风度好似一个王子。直到有一天，她怀孕了。如今，亚历桑德罗理应负起责任，和她一起留在法国，或者她可以跟他走。他宣称自己要去申请永久调任巴黎，而且显得因为有了孩子而欣喜若狂。“我确定是个男孩！这是我的梦想！”接着他又说，“我们就叫他雨果，和我的祖父一样。”这一刻，玛丽娜想到了古尔维克；她应该联系他去办离婚手续。但亚历桑德罗反对一切成规习俗，认为婚姻是一种过时的制度。于是，她什么也没说，只是看着自己的肚子一天天变大，心中充满了对未来的期望。

亚历桑德罗的直觉是对的。玛丽娜诞下了一个男孩。她分娩之时，亚历桑德罗正在米兰处理奔赴新生活前最后的琐碎事务；在那个年代，按照惯例，男人并不会出现在产房里；他会在第二天到达，自然带着许许多多的礼物。然而第二天，一封电报代替他出现:“对不起。我在米兰已经有家庭了,我有妻子和两个孩子。永远不要忘记我爱你。A。”

于是,玛丽娜独自养大了儿子;没有家庭,也没有男人。只有无休止的指指点点。那时,一个单身母亲会遭受各种歧视;当她走过时,人们窃窃私语。但对她来说,这些一点儿也不重要。雨果便是她的勇气和力量。母子间紧密的关系如同一道城墙,抵御着外界的一切。几年之后,她的视力每况愈下;为了看得更清楚些,她开始戴眼镜,但她的眼科医生显得十分悲观。检查表明,她会渐渐失去视力,迟早有一天,她会完全失明。当时十六岁的雨果心想:如果母亲看不见我了,我应该用另外的某种方式存在在她的心中。正因如此,他开始弹钢琴;他将在音乐里存在。

他十分刻苦地练习钢琴,在音乐学校的入学考试里获得了第一名,而几乎与此同时,玛丽娜的眼睛完全看不见了。她无法再继续工作,便参加了儿子所有的排练和演奏会。在踏入职业生涯时,他决定将布鲁克作为艺名。用这种方式,他接纳了真正的自己;这是他的故事,这是他和他母亲的故事,是属于他们的故事。在德语里,布鲁克是“桥”的意思。于是,玛丽娜意识到,她的生命是由许多零散的碎片拼凑而成的,碎片与碎片之间并无切实的联系,正如一座座零星的岛屿,被人为地连接在了一起。

13

这段叙述让卢歇深受震动。过了一会儿,他确定地说:

"我认为让-皮埃尔·古尔维克爱过您。我甚至认为,他爱了您一辈子。"

"您为什么这么说?"

"我告诉您了:他写了一部小说。现在,我知道了这部小说的灵感源自您,源自您的离开,源自所有他不知如何向您开口说的话。"

"您真的这么觉得吗?"

"是的。"

"他的小说叫什么名字?"

"《爱情故事的最后时分》。"

"真美。"

“是啊。”

“我太想读一读这本书了。”她又说道。

在接下来的两个上午，卢歇都回到玛丽娜身边，为她读古尔维克的小说。他读得很慢。有时候，老太太会请他重复一些片段。她会点评上几句：“是的，这里我能认出他的语气。这完全是他写的话……”至于那些想象出来的情欲片段，她认为，他是将内心渴望体验的东西写了下来。被黑暗笼罩了这么多年后，她比谁都更能对此感同身受。她不断地创造出各种故事，好将那看不见的一切都经历一遍。到最后，她过上了与小说家类似的双重生活。

“那普希金呢？您听他说过吗？”卢歇问道。

“没有。我完全没有印象。但是让-皮埃尔喜欢看传记。我记得他给我讲述过陀思妥耶夫斯基的一生。他喜欢了解别人的命运。”

“或许正是因为这样，他将现实里的故事与一位作家的生命交融在一起。”

“无论如何，这都太美了。他叙述垂死时刻的那种方式……我没想到他能写得这么好。”

“他从来没有和您说过他的作家梦吗?”

“没有。”

“……”

“那这部小说呢? 发生了什么?”

“他试过投稿,但没有成功。在我看来,他希望能借由这本书回到您身边。”

“回到我身边……”玛丽娜声音哽咽。

卢歇被老太太的情绪深深打动,决定暂时对这本书出版后的情况绝口不提。她看起来并没有听说过这件事。最好让她慢慢消化刚刚得知的一切,慢慢回味刚刚读过的小说。在卢歇准备离开的时候,玛丽娜让他走到跟前。她握了握他的手,表达了自己的感谢。

当房间里只剩她自己时,她流下了泪水。这是她生命里出现的又一座桥梁。在几十年的沉默之后,过去又如此重现。终其一生,她都确信让-皮埃尔并没有爱过她;他是个宽厚、可爱、温柔的人,但他从没有泄露过一丝内心的感受。他的小说坦露了他的情感,原来他曾那么深地爱过她,以至于之后再也没有爱过任何女人。如今,她承认,她的心情也是一样。因此,那一切存在过,或许这才是最重要的。是的,那一切存在过。正如她在黑暗里构想的那些光亮的故事一样存在过。内心的世界里也有生活,那里的故事并没有在现实中实现,却也真真实实地发生过。

14

自从决心调查这个故事以来,尽管卢歇早已预感其中的复杂曲折,但从没想象到自己会经历如此汹涌复杂的情绪。但现在,他还有几件重要的事情要完成。

在他小小的房间里,他睡了快一下午。他做了一个梦,在梦里,玛丽娜正在吃巨大的牡蛎,接着她又摇身一变成了布丽吉特,对他哭诉汽车的事情。他惊醒过来,发现天色已有些暗了。他打开电脑,尝试整理自己的笔记;他还不知道要将文章投到哪家报纸,或许应该给出价最高的,但他确定,文学界会因为他的发现激动不已。但是,他并不打算质疑格拉塞出版社的诚信;显然,出版社真心实意地认为彼克就是小说的作者。

工作了将近两个小时的时候,他收到一条短信:“我在你家楼下的咖啡馆。等你,约瑟芬。”他的第一反应是疑惑她如何得知自己的地址,然后又想起来,在那次夜谈时,他曾提过自己住在哪里。他的第二反应则是想,自己这一夜本来很有可能会不在家。没有提前通知一声就出现在别人家楼下,还是挺让人惊讶的。但是,他又想道:在她的眼里,我就是那种晚上除了待在家里以外没有别的事可做的男人。必须要承认,她并没有想错。

他回复道:“我马上就到。”但他花了比预计中更多的时间。他不知道该穿什么。他不是想讨约瑟芬喜欢,但无论如何,他也不想让她不喜欢。起初,在看那些访谈时,他觉得她看起来很蠢。而在墓地里遇见她时,他立即就改变了看法。他站在衣柜前,一边想着如此种种,一边始终无法伸手做出选择。就在这一刻,他收到了第二条短信:“现在什么样就请什么样下楼吧,一定会很好的。”

15

现在,他们正在喝红酒。卢歇本想要点啤酒,但最后还是和约瑟芬要了一样的。在思前想后地挑衣服时,他不禁开始浮想联翩,幻想她来找他是因为情之所至。或许,她会向他坦承内心对他的情感。这不是最可信的假设①,但事到如今,已经不再会有什么事让他觉得意外了。在客套地聊了几句之后,他们开始以“你”相称,约瑟芬终于解释了自己的来意:

“我希望你不要发表你的文章。”

“为什么你会提这个要求?我以为你和你的母亲希望真相能够大白。我以为你们已经受够了这整件事。”

“是的,当然了。我们想要知道。而且多亏了你,我们现在知道了我父亲并没有写小说。你不能想象,这整件事给我们带来了多大的困扰。我们觉得好像在一个陌生人身边过了一辈子一样。”

“我明白。可现在真相就要被揭开了。”

“相反,这会再一次引起风波。我已经可以想象那些记者会说的话:‘那么,得知您的父亲其实没有写过小说,您有什么想法呢?’一切会无休无止地继续下去。而且,我觉得这对于我母亲来说更

① 已经很久没有一个女人事先不打招呼就开三百公里的路来找他了;说实话,这从来没有发生过。——原注

是羞辱,她还上过电视谈论这本小说。一切会显得很可笑。”

“我不知道该对你说什么。我觉得说出真相很重要。”

“但又能改变什么?没有人在乎。不管是彼克还是古尔维克。人们喜欢认为作者是我父亲,那就够了。随它去吧。而且,还会有别的问题。”

“什么?”

“古尔维克没有继承人。格拉塞不会再向我们付版税。”

“哦,原来是因为这个。”

“也是因为这个。又有什么不好的呢?但我向你保证,就算没这么多钱,我也会和你说一样的话。这件事,还有这件事带来的种种后果给我太多折磨了。我不想大家再谈论下去。我想要开始新的生活。这就是我的请求。求求你了。”

“……”

“……”

“你知道吗,我遇到了古尔维克的太太,”卢歇又说道,“在她身边,我经历了动人的时刻。我给她读了小说,而她明白了,古尔维克真的爱过她。”

“很好，就是这样，你的使命已经完成了。这太不可思议了。你应该就此停下来。”

“……”

“如果你愿意，我可以送你个好礼物。”这时，约瑟芬笑着说，想要缓和一下气氛。

“你想要给我封口费？”

“你很清楚，这对所有人都好。所以呢？什么能换你封口？”

“我得想一想。”

“说样东西。”

“你。”

“我？别做梦了。我可值钱多了。你得卖很多本书才能得到我。”

“那么……一辆车。你给我买辆沃尔沃？”

对话继续下去，直到咖啡馆关门。卢歇很快就被说服了。他一直觉得，这场调查会打乱他的生活。眼前发生的事情正是如此，但并不是他预料中的方向。他们两个人之间是那样默契。约瑟芬说，她不知道去哪儿过夜。正如他从前一样，她也成为了不速之客的一员。他们上楼回了卢歇家,而他并不担心这个女人会对他的公寓发表什么意见。他们并排躺下,但这一次,是在同一张床上。

16

第二天早上,约瑟芬提议他和自己一同回雷恩。毕竟,卢歇在巴黎无事可做。在那里,他可以开始新生活,或许可以在书店里工作,或者给当地媒体写文章。他喜欢重新开始。他们在高速公路上慢慢地开着,听着音乐。一会儿以后,他们停下车去喝杯咖啡。他们一边喝,一边领悟到,他们已经彼此相爱。两个人年纪相仿,同样都已不再追求表面的风光。爱情故事的最初时分,卢歇心想。多么不可思议,他们在一家昏暗阴森的加油站里喝着难以下咽的咖啡,却觉得没有任何事情能比这更加美好。

后　记

1

弗雷德里克喜欢把头靠在黛尔菲的肚子上，盼望听到心跳的声音。现在还为时过早。但他们已经列了一长串的名字。一定会很难达成一致，于是，作家向妻子提出了一个解决方案："如果是个男孩，你来取名字。如果是女儿，就我来。"

2

在对起名问题达成共识的几天之后，弗雷德里克宣布，他终于写完了自己的小说。在此之前，他都不愿意给他的编辑看上一个字，因为他希望她能够从头到尾一气读下来。黛尔菲心怀几分忐忑，一把抢过《道出真相的男人》，独自进房间读了起来。不到一个小时以后，她怒不可遏地出来：

“你不能这么做！”

“当然能了。这是事先说好的。”

“但是我们又谈过了，而且你答应了。”

“我改变想法了。我需要所有人知道真相。我再也不能忍受沉默了。”

“这太过分了。你很清楚我们会失去一切。”

“你或许会，但我不会。”

“你想说什么？我们两个人是一体的。我们应该一起做决定。”

“这话你说得当然轻松。你得到了一切。”

“我警告你，弗雷德里克。如果你决定出版这本书，我就不要这个孩子了。”

“……”

他一时间说不出话来。她怎么敢？拿他们孩子的生命来当筹码跟他争。这太卑鄙了。她意识到自己太过火了，想要弥补一下。她靠近弗雷德里克，表示道歉。她放缓语气，请求他再考虑一下。

他答应了她。刚才她的要挟实在无耻，却同时让他明白，她是有多么害怕失去一切。而且，或许她并没有错。她会受尽非议，因为她操纵了所有人。更糟的是，她让一位老太太相信了自己的丈夫写过一部小说。她当然有理由愤怒。但他也应该为自己着想。再正当不过了。这几个月来，他难道不是都在为此饱受煎熬吗？他满心只想着一件事：他只想着所有人都知道真相的那一天。总有一天，人们会知道，他是这本占据畅销榜首位的小说的作者。别人当然可以驳斥他，说吸引大家的主要是小说背后的小说，是在无人知晓的情况下默默写作的披萨师傅；或许这是真的，但要是没有他的文字，这部小说本身就不会存在。而如今，他却被要求保持沉默。他要藏在他造的物之后，隐形隐声。

3

事情的经过非常简单。几个月以前，弗雷德里克第一次陪黛尔菲去克罗宗。在那里，他遇见了她亲切的父母，领略了布列塔尼的魅力，每天早上，他都待在房间里写作。他作品的名字叫作

《床》,但没有人真的知道主题是什么。弗雷德里克总是喜欢秘而不宣地工作,因为在他看来,透露一部正在创作中的小说的内容,会将它的魅力稀释。他刚刚写完了一对情侣分离的故事,同时以普希金的垂死一刻作为背景情节。他为此感到心潮澎湃,期盼着自己的第二部小说能比第一部成功;但是,这不大可能:如今,除了少数几位作者——尽管他们不是最好的——以外,没有人还能卖得动书。

在与黛尔菲的父母聊过以后,他们去参观了那家传说中的退稿图书馆。在那儿,他想到,可以让别人以为他的新作是在此处被发现的;这会是个绝妙的营销手段。一旦小说开始热销,他便可以宣布,自己才是作者。他把这个计划告诉黛尔菲,她立即觉得棒极了。但在她看来,需要把书稿假托给某个作者;不能是捏造出来的化名,不行,得是一个真实的人名。那会激起所有人的好奇心。在这一点上,事情的发展证明了她的判断。

他们去了克罗宗墓园,选择一位死者作为小说的作者。几番犹豫之后,他们最终选择了彼克,因为两人都喜欢名字里有 K 的作者。他在两年之前去世,不能再反对别人强加给自己一部小说。

但是,需要先通知他的家人,让他们签署合同。在这之后,便不会再有人觉得这是一个骗局。对于这一点,弗雷德里克显得有些惊讶,但黛尔菲向他解释:"你不会拿到这本书的稿费,但一旦大家知道了你是作者,你就会有非常高的话题度,之后的小说也会备受期待。在这件事上,要做就得做到底。除了我们俩以外的任何人都不能知情。"

弗雷德里克又工作了几天,完成了他的小说。他觉得,黛尔菲的母亲很有可能偶然瞥见过题名为《床》的草稿。出于谨慎,他取了一个全新的名字:《爱情故事的最后时分》。而且,他更改了文本的字体,选了一个看起来更接近打字机的样式。年轻情侣将文稿打印出来,并千方百计地让纸张显得老旧一些。大功告成之后,他们带上这份佯装刚刚发现的宝藏,回到了图书馆。

面对玛德琳的第一反应,看到她对这个故事的怀疑,他们想到,放上一份证据将会十分有效。于是,在第二次到访时,借口上厕所,弗雷德里克将普希金的书藏在了亨利·彼克的杂物里。这一招成功了。但他们完全没预料到会引起如此疯狂的追捧。这场轰动超越了他们所有的期望,也在某种程度上让自己陷入尴尬的境地。在弗朗索瓦·布斯奈尔的访谈播出之后,黛尔菲明白了这一点。玛德琳是那般深深感动了观众,如果要他们重新接受一遍真相,他们势必会将背后主谋视作可怕的操盘手。这对于弗雷德里克来说十分糟糕,他不得不藏起自己法国最畅销小说作者的身份,而只做一个默默无闻的小说家,甚至连一同生活过三年的女孩都不知道他唯一出版过的作品。黛尔菲从这盘棋中获得了风光与荣耀,她日日在外忙碌,愈发激怒了独自在家的弗雷德里克,他开始构想在新小说里坦承一切。自然,他会一一讲述事件的细节,但他同样也会分析,当今社会是如何看重形式远甚于内容。

4

弗雷德里克接受了黛尔菲的道歉,并且承认,如果揭露骗局,会将两个人置于危险境地。几天之后,在夏日假期开始时,他们决定出发去克罗宗。

早晨,弗雷德里克待在床上,尝试创作一部新的小说,但写得十分艰难。有时,他会独自在海边散步。此时,他想起理查德·布劳提根在波利纳斯度过的最后时光，那座小城傍着加利福尼亚雾蒙蒙的海岸。这位美国作家日渐落魄，感觉昔日的荣光不再，终日沉湎于酒精与妄想之中。好多天里，他不与任何人通消息，甚至没有和他的女儿联系。最后，他独自一人死去。被发现时，尸体已经开始腐烂。

这一次，弗雷德里克决定再去趟克罗宗图书馆。那是整个故事开始的地方。他再次见到了玛嘉利，他觉得她看起来不一样了，却说不出到底是哪里不同。也许她瘦了些。她热情洋溢地接待了他：

"啊，您好啊，作家先生！"

"您好。"

"都好吧？您在度假吗？"

"是的。而且应该会在这儿待上几个月。黛尔菲怀孕了。"

"恭喜恭喜。男孩还是女孩？"

"我们还不想知道。"

"那会是个惊喜喽。"

"是的。"

“您有新作品了吗?”

“我在慢慢地写。”

“请让我及时跟进。我们这儿一定会订购的。答应我好吗?”

“好。”

“既然您来了,如果待在克罗宗的话,您对组织写作工作坊有兴趣吗?”

“我……我不知道……”

“一个星期一次,不会再多了。是给附近的养老院办的。要是能有您这么一位作家来做指导,他们一定会感到无比骄傲的。”

“呃,我得考虑一下。”

“好的,一切会非常棒的。是为了帮他们写下自己的回忆。”

“行,看看吧。好了,我去逛一会儿。我一定会借本书的。”

“十分荣幸。”玛嘉利微笑着说道,就好像刚得到了一句称赞。

弗雷德里克一边想着她刚刚的提议,一边走向书架。在他的处女作被出版社接受时,他幻想自己将来会被崇拜者环绕,会有文学大奖傍身,甚至也许还会得龚古尔奖或是雷诺多奖。他还想过,自己的作品会在全世界翻译发行,他会去亚洲或是美洲签售。读者迫不及待地等待着他的下一部小说,而他则成为其他大作家的朋友;这一切他都想过。但他从没想到,有一天,他会到布列塔尼最西端一座小小的城市里教老年人写作。可奇怪的是,这个主意竟让他莞尔一笑。他等不及想告诉黛尔菲这件事;他是那么喜欢待在她身边。而且,他将成为父亲。此刻,他尤其强烈地意识到,这件事让他欣喜若狂。

5

几分钟以后,他从包里拿出了《道出真相的男人》,将书稿放入退稿图书馆。

DAVID FOENKINOS
Le mystère Henri Pick

© Éditions Gallimard, 2016
All rights reserved
All adaptations are forbidden.

图字：09－2019－227号

图书在版编目(CIP)数据

退稿图书馆／(法)大卫·冯金诺斯著；吕如羽译.—上海：上海译文出版社，2020.11
ISBN 978－7－5327－8522－3

Ⅰ.①退… Ⅱ.①大… ②吕… Ⅲ.①长篇小说—法国—现代 Ⅳ.①I565.45

中国版本图书馆CIP数据核字(2020)第177722号

退稿图书馆 Le mystère Henri Pick	[法]大卫·冯金诺斯 著 吕如羽 译	出版统筹 赵武平 责任编辑 张 鑫 装帧设计 尚燕平

上海译文出版社有限公司出版、发行
网址：www.yiwen.com.cn
200001 上海福建中路193号
苏州市越洋印刷有限公司印刷

开本890×1240 1/32 印张10.5 插页5 字数111,000
2021年5月第1版 2021年5月第1次印刷

ISBN 978－7－5327－8522－3/I·5243
定价：65.00元

本书中文简体字专有出版权归本社独家所有，非经本社同意不得转载、摘编或复制
本书如有质量问题，请与承印厂质量科联系。T：0512－68180628